去撒哈拉沙漠

高淑霞／著

山西出版传媒集团
北岳文艺出版社
BEIYUE LITERATURE & ART PUBLISHING HOUSE

图书在版编目（CIP）数据

去撒哈拉沙漠 / 高淑霞著. — 太原：北岳文艺出版社，2017.4
ISBN 978 - 7 - 5378 - 5050 - 6

Ⅰ. ①去… Ⅱ. ①高… Ⅲ. ①小小说 -小说集 -中国 -当代 Ⅳ. ①I247.82

中国版本图书馆 CIP 数据核字（2017）第 001752 号

书名：去撒哈拉沙漠	策　　划：商爱欣	责任编辑：李向丽
著者：高淑霞	书籍设计：宗彦辉	印装监制：巩　璠

出版发行：山西出版传媒集团·北岳文艺出版社
地址：山西省太原市并州南路 57 号　邮编：030012
电话：0351 - 5628696（发行部）　　0351 - 5628688（总编室）
0351 - 5628695（编辑室）　　传真：0351 - 5628680
网址：http://www.bywy.com　E - mail：bywycbs@163.com
经销商：新华书店
印刷装订：三河市天润建兴印务有限公司

开本：660 毫米×960 毫米　1/16
字数：168 千字　印张：17
版次：2017 年 4 月第 1 版
印次：2017 年 4 月河北第 1 次印刷
书号：ISBN 978-7-5378-5050-6
定价：45.80 元

序

人间美好情怀的礼赞

——读高淑霞的《去撒哈拉沙漠》

高淑霞是北京石景山区作协的会员，2013 年才开始文学创作，却势头很猛，先后创作了长篇小说《爱过恨过》，中篇小说《走出抑郁》《谁是凶手》，一篇短篇小说还获过一个全国大赛的奖，起步不长，却成绩斐然，实在不易。她的勤奋，她的才华，都是她取得成功的重要因素。近来，她又开始了小小说和闪小说的写作，仍然是卓有成效。这本小小说集《去撒哈拉沙漠》的出版，就是一个明证。

小说集的内容比较丰富，有对社会上丑恶事物的抨击和揭露，这些作品对我们有警示作用，但我觉得，她更多的篇目讴歌了人间的真情，这是她小说的亮点。纵观我们当前国内的小小说，多是批评型的。这部分小小说有它的社会意义和流传的价值。但我以为，宣传正能量，传承中华民族传统的美德，激励人们积极向上，对匡正日益颓废的世风，特别是对青少年的健康成长，意义更为重大。可惜，当下这类作品偏少，精品更是鲜见。从这个角度说，高淑霞的小说，自有它存在的重要性。

《嘉措，我懂你》写一个叫嘉措的藏族青年，在一次火灾中救了四个小孩，自己身负重伤。特别是他为了让自己喜爱的人不为自己担心，假说自己去世了。小说表面写得很平静和淡定，但字里行间，却蕴藏着汹涌的激情，使我们受到深深的震撼。

《安教授的秘密》时间横跨了几十年。写一个叫秋花的女子，当初为了安教授能获得真爱，毅然牺牲自己的幸福，主动退出婚姻。到了安教授的晚年，她又来照顾教授。小说的主人公是个很弱小的女子，却又有非常博大的胸怀。她的真挚，她的深情，让许多身在高位的或声名显赫的人汗颜。小说实际是一本很好的教育我们怎么做人的教科书。不图回报，不为私利，多为他人着想，在道德缺失的年代，非常值得深思和倡导。

《你这个孩子啊》是一篇很精彩的小说。前半部用了大量的篇幅和很多的层次，极力写陈家老太对二儿媳的不满。这样写，有两个作用：一方面，给读者造成一种思维定式，对二儿媳形成很差的印象，为后面的陡转做了很好的铺垫；另一方面，让读者误以为又是一篇婆媳不和的俗套故事。结尾却出人意料：二儿媳主动放弃应得的房子遗产，回到农村。一个深明大义、胸怀宽广的农村女子的形象跃然纸上，令读者钦佩。小说对儿媳的笔墨寥寥几笔，人物形象却分外突出。

《3 栋 502 号女人》，写了一个卓尔不群，似乎很"另类"（与一般人的行为截然不同）的女人，最后却揭出她是一个园林设计师，退而不休，继续做有益于社会的事。小说没有讲述惊天动地的伟业，在平淡无奇的常见事物的叙述中，突出人物的不凡情怀。

《窗里的女人》所写的人物与现实生活中的人物大相径庭。一个女子被车子撞成重伤，导致了下肢瘫痪。其结果是婚姻告吹，工作失去，她终身与轮椅为伴。但她却对撞伤她的司机没有一点怨言，甚至为司机着想。联想到我们生活中多次报道的"碰瓷"事件，不禁让人感慨万千。也许，这是一个理想化的人物，但是，榜样的力量毕竟有着极大的教育作用。

《那一抹高原红》写了一对藏族姐妹的故事。姐姐为了照顾病重的妈妈，放弃了学业，让妹妹继续读书还上了大学。值得思考的是，作者没有按照常见的小说套路来写，而是别出心裁地设计了一个特殊的情节：妹妹是被收养的，与这一家人没有血缘关系。这样，不仅使小说让人感到新颖，而且人物的境界更提升了一个层次。

高淑霞的小说不仅在意蕴上有自己的精神追求，而且，在写作的技巧上，也是颇下苦功的，她善于探索多种构思方式。如《瞪大眼》，用前后对比的方法，写出人物由嚣张一时到偃旗息鼓的过程，人物的形象非常鲜明。我曾多次提出，小小说篇幅极

短，因此，它必须寻找与中、短篇小说完全不同的创造方法。对
比就是其中一个事半功倍的好策略。另一点是，注意情节的曲
折。著名作家孙方友曾提出小小说情节"翻三番"的论断，但这
是极不容易的。在小小说这么短的篇幅里，要做到跌宕起伏，是
需要有一定功力的。《为了玲儿》就是一篇有多重曲折的小说。
小说中李海为了追求韩冰，与妻子鲁璐离婚。韩冰诱惑了李海，
又刻意让他看到了与自己男友周杰缠绵的情景，旨在无情地耍弄
李海，目的是为了替被李海抛弃的家乡的女友报仇，而李海的女
友玲儿原来是韩冰的表姐。事情到此应该结束了，可作者又设了
一层转折：那"男友"周杰竟是韩冰雇来假扮男友的。层层转，
情节扑朔迷离，但却是天衣无缝。如此巧妙的设计，令人拍案
叫绝。

　　结尾的陡转，是小小说这种文体最大的特色。这就是人们所
称的欧·亨利式的结尾。但要运用得脱俗、新鲜，却很不容易。
前面所提到的《你这个孩子啊》，就是一篇成功之作。《脸上有刀
疤的男人》也颇不平常。前半部极写一个男子的粗俗，后半部笔
锋突然一转，写他在歹徒动刀的危急时刻，挺身而出，以震天动
地的气魄，一击制胜，让人大开眼界！小小说陡转的关键，在于
前面大力的渲染，以及"转"得出人意料。这篇小说的处理都很
到位。

　　《梦醒时分》和《隐秘的情人》等，都有异曲同工之妙。限
于篇幅，不一一分析。由此可见，陡转在淑霞的小说中不是个别

的现象，而是一种有意为之的风格，也说明她对小小说这种文体特质有比较明确深刻的把握。

如果说，淑霞的小说还有提升的空间的话，那就是有的小说的结尾还显仓促了一些，需要再好好设计与推敲。

但航向已明，风帆已经扬起，努力前行，太阳就在前方。

是为序。

顾建新*

2016 年 8 月

---

* 顾建新：中国矿业大学（北京）文法学院教授，硕士生导师，著名文学评论家，中国微型小说学会理事。曾任中文系主任，江苏省教育厅中文指导委员会委员。出版《微型小说学》等专著五部，在新加坡《新华文学》及国内《文艺评论》《红楼梦学刊》《文艺报》《文学报》《写作》等报刊上发表评论200多篇。曾任中国微型小说学会全国征文大赛10届综评委，参与《中国微型小说鉴赏辞典》等的编撰。

目　录

小小说

嘉措，我懂你 …………………… 3

安教授的秘密 …………………… 7

怪人吴老太 …………………… 11

露儿 …………………… 15

好世界舞厅 …………………… 19

去撒哈拉沙漠 …………………… 23

多好啊，还有机会 …………………… 27

隐秘情人 …………………… 31

黑色派克笔 …………………… 34

3 栋 502 号的女人 …………………… 38

它，飘向远方 …………………… 42

你这个孩子啊 …………………… 46

瞪大眼 …………………… 50

三姨太 ·· 53

洗手 ·· 57

门当户对 ·· 60

如凤 ·· 64

回家 ·· 68

窗里的女人 ······································ 71

流言 ·· 75

原来如此 ·· 79

那一抹高原红 ···································· 82

人啊人 ·· 85

为了玲儿 ·· 89

梦醒时分 ·· 94

六千块钱 ·· 97

儿子的婚礼 ······································ 101

脸上有刀疤的男人 ································ 104

与屈原相遇 ······································ 108

摔下楼梯以后 ···································· 112

妈妈的大榕树 ···································· 116

魔力 ·· 120

飞转的石磨 ······································ 123

非常时期 ·· 127

绝境 ·· 131

下一刻你不知道会发生什么 ················· 135

女人 ··· 139

逃离 ··· 143

玻璃心 ··· 147

坐过站 ··· 151

烟花寂寞 ······································ 154

大槐树下 ······································ 158

一把手 ··· 161

棋子 ··· 165

一条蛇的奇遇 ································· 169

苦笑 ··· 173

面对死亡 ······································ 177

吴燕的快乐生活 ······························ 182

陷阱 ··· 186

咖啡凉了 ······································ 190

赌 ·· 194

耍聪明 ··· 198

谁疯了 ··· 201

郑美丽之流年不顺 ·························· 203

抉择 ··· 207

那弯弦月 ······································ 210

没闭上眼睛 ··································· 213

聊天 …………………………………………… 216

缘分 …………………………………………… 222

奇葩母女 ……………………………………… 225

一地落叶 ……………………………………… 229

哑巴 …………………………………………… 233

闪小说

为 300 元感动 ………………………………… 239

一只陶罐 ……………………………………… 241

二维码 ………………………………………… 243

不用辞职 ……………………………………… 245

闹心 …………………………………………… 247

爷爷的秘密 …………………………………… 248

遗嘱 …………………………………………… 249

蹦极 …………………………………………… 251

后遗症 ………………………………………… 253

别小看一个"屁" …………………………… 255

后　记 ………………………………………… 256

小小说

嘉措， 我懂你

　　望着车窗外明镜似的错那湖和湖的尽头蓝天下连绵起伏的群山，她不禁有些战栗。他说过，他的家就在大山深处，那里的风景美极了。

　　她和他是在大学校园里认识的。两所大学离得很近，她经常去旁边的民族大学玩。

　　那天她正低头赶路，"哐当"撞进了他怀里。他掐着她的两个肩头，盯视着她："喂，想什么呢?"

　　她被那双眼睛迷惑了，那是她今生见过的最明亮的眼睛，像两潭清澈的湖水。还有那棱角分明的脸，那闪着釉光的皮肤。

　　后来他们相爱了，她知道了他叫嘉措，他是一个孤儿，来自那块神奇的土地——西藏。

　　他讲起家乡时神采飞扬，使她对那块纯净的土地充满了向往。他们相约，毕业后去他的家乡当一名老师。

　　两年后他们毕业了，她跟妈摊牌，要去西藏。老妈一脸惊讶：什么？去西藏？那个蓝天白云，离太阳最近的地方？那是传说！前年你小姨心血来潮去西藏旅游，下了飞机就折腾，头疼、恶心，吸着氧，看了一眼布达拉宫就往回跑。

妈看她一意孤行，就拿死来威胁她，最后犯了心脏病住进医院。

他劝她：妈是舍不得你，怕你受苦。要不你先在北京找个工作，陪着妈。我先回西藏。

她只能依了妈去一所中学当老师。妈不容易，爸在她8岁时出车祸走了，是妈一个人把她抚养大。

他们远隔千山万水，但他们的心更近了。他们在QQ上天天见面，他给她发了很多照片，告诉她照片上的女孩叫梅朵，家住在很远的大山里；那个很瘦的男孩叫诺布，父母在一次洪水中去世了，跟着奶奶生活；那一簇簇紫色的小花叫格桑花，像北京的野山菊；那片树林是西藏的柳树，比北京的坚挺粗犷；那……

她在他的描述中陶醉，仿佛飞到了那片蓝天白云下，躺在浓绿的草地上枕着一湾清水。她吸了吸鼻子，似乎闻到了草原的味道。

有一天，QQ沉默了，她怎么呼唤也没有回应。这时她才感到她是多么粗心。她只有他的手机号和QQ号，其他一概不知，包括他学校的地址、电话。她急得像热锅上的蚂蚁，人瘦了一圈。

半个月后，QQ上有了一条回复：你好，我是嘉措的同事，嘉措在一次火灾中受伤，经抢救无效去世。他临终时让我转告你，让你忘了他，开始自己的生活。

她当即昏厥过去。醒来时，躺在地上，妈哭着摇着她喊：吓死我了，你这是怎么了？

她推开妈，腾地跃起，查看 QQ，冰冷的屏幕上仍是那段尖刀般刺骨的留言；手机也是死一样的沉寂，任她千呼百唤，没一丝回应。

她疯了似的在网上搜索，搜索他的信息，搜索他教书的那所学校。她要去看他。

妈说：看什么？他已经死了。

她说：我去看那所学校，看他出生的地方。

妈劝道：去，也不必这么着急。还是等到放暑假吧，你不能丢下学生不管啊！

从春到夏，她熬过了 101 天。放暑假时，妈又查出了肝癌，急需做手术。为了妈的医药费，她在小姨的撺掇下嫁给了药店老板的儿子。嘉措死了，她的心也跟去了，嫁谁都一样，何况是为了救妈。

一年后她生了一个女儿，如今女儿已经 9 岁了。

拉萨的会议结束后，她几经周折终于寻找到了那所学校。校园里很静。她看见了照片中的那片柳树，在校园西侧排列着，树干粗粝，枝叶摇曳。

她推开了传达室的门，一个有着高原红的男人问她：你找谁？

她说：我想进学校看看。

男人说：学校放假了，不让看。

她问：这里有过一个叫嘉措的老师吗？

男人笑了：你找他呀，他就住在楼后的平房里。

她急问：是中央民族学院毕业的嘉措？他不是烧死了吗？

男人说：谁说的？他只是烧瞎了一只眼睛，毁了容。那次宿舍着火，他救出了4个学生后，又冲进了火海，一根烧着的木头砸到他的脸上。

她的心像被磨盘碾过一样，勉强挤出一句：他成家了吗？

男人回：没，他收养了3个孤儿。

她强忍着想见他一面的渴望，向学校相反的方向走去，眼泪一滴滴打到地上，像她的血。

（本文发表于《精短小说》2016年第8期）

安教授的秘密

安教授走了，留下了一个难解的谜。

人们不明白安教授为什么把遗产都留给了后老伴，一个糊涂、瞎眼、土里土气、八十多岁的乡下老太太！

八年前，安教授的妻子去世了。办完丧事，安教授像被人抽去了筋骨，团在沙发上闷头抽烟。烟雾中安教授的眼睛由明变暗，由暗变明，头发从灰白变成雪白。

安教授的这种状态持续了三天。三天后安教授向家人宣布他要回趟河北老家。

安教授的大儿子说：好吧，回老家散散心也好。我们从没去过老家，正好陪您回去看看。

安教授不同意，你们跟着干吗？像打狼似的！

孩子们拗不过安教授，只好随他。

半个月后，安教授从老家回来，领回来一个黑瘦干瘪的老太太。

孩子们不反对老爸再婚，但老爸再婚也得找个体面有知识的女性啊。

安教授一意孤行，不仅和老太太领了结婚证，还出来进去地带着她。到外地讲学也把她带去。

那时候，老太太的眼睛还没坏，身体也可以。儿子们想想，唉，随老爸去吧！儿子们都有家都要忙工作，从此也就很少管安教授了。

现在安教授走了，老太太的眼睛突然失明，傻傻地抱着安教授的照片呆坐着。她的手在照片上反复摩挲，手上的皮肤像葱皮一样薄，上面布满黑斑，凸着蚯蚓似的青筋。

安教授的大儿媳把家人聚到客厅，随手关紧老太太的卧室门，说：我们要遵照爸的遗嘱为老太太养老送终。但，爸的房和存款不能白给她。

安教授的二儿子捅捅身边的媳妇：喂，你也说说。

二儿媳说：老太太倒没什么，关键是她乡下的亲属，万一哪天老太太走了，她的亲属要继承财产怎么办？所以我们必须起诉，把财产要回来。

话音未落，卧室里传出巨响。众人一愣，随即冲进卧室。卧室内老太太大睁着双眼，混沌的眼球盈满了泪水。散了架的镜框摊在地上，闪烁的玻璃迸溅出一地碎片。

二儿媳捡起地上的镜框，叫道：看，后面还有两张照片！一张是爸和妈的，一张是？

二儿子拿过媳妇手中那张黑白照片，沉思着说：这张好像是姑姑。突然他脸色煞白，手哆嗦着：老太太就是姑姑！

大儿子夺过照片，惊得张大了嘴，半天才吐出两个字：是她！

姑姑藏在久远的记忆里。他恍惚记得，那时候姑姑和姑父每月都来他家。他们每次来都带来很多好吃的东西。爸妈也带他们去过一次姑姑家，那家很小很破。

后来，就没记忆了。

太荒唐了！老爷子怎么会做出这种事！安教授的两个儿子决定回趟老家，把事情弄清楚。

在老家他们见到了老太太的亲侄子，听到了一个凄婉的故事。

我姨妈叫秋花，秋花20岁的时候和小她两岁的安少爷洞房花烛结了婚。安少爷结婚当年考上了辅仁大学。家人担心安少爷饭来张口衣来伸手到外面受不了苦，就让秋花陪着他去了京城。

到京城后，他们在西城租了间房。安少爷上课，秋花在家洗衣做饭料理家务，小日子过得安逸幸福。后来时局变动家里没钱寄去，生活变得艰难，秋花就接些浆洗缝补的活，挣钱贴补家用。再后来生活更难了，秋花就白天做用人，晚上浆洗缝补。安少爷嫌家里脏乱，住到了学校。

在学校安少爷爱上了一个女生，爱得如痴如狂。女生家在湖北，家境一般。所以安少爷读书恋爱要花很多钱。他很少回家，回家主要是为了取钱。

秋花什么也不知道，只想拼命做活供安少爷读书。

1950 年，安少爷毕业，他向秋花坦白了一切，并提出离婚。

秋花说：行，我只有一个要求，就是和你们做亲戚。

安少爷结婚后，秋花嫁给了一个火柴厂工人，一生没有子女。

那时候经济贫乏，买什么都要票证。秋花夫妇就用每月节省的粮票、油票、钱，贴补安家。为了省钱，他们每次去安家要步行 4 个小时；为了省布票，他们穿补丁摞补丁的衣服。

1965 年春天，秋花的丈夫去世，秋花回了老家。

8 年前，满头白发的安少爷回来了，他对满脸褶皱的秋花说：她走了，你跟我去吧！

秋花说：我不去，我不能拖累你啊。

安少爷说：孩子们都单过，我没人照顾。

秋花就跟着安少爷去了北京。

（本文发表于《天池》2016 年第 10 期）

怪人吴老太

在街坊眼里，刚搬来不久的吴老太是个怪人。

嘿，看见没？吴老太戴了个牙套！

什么牙套？

嗨，就跟我小孙女牙上的一样，亮晶晶钢丝掐成了小花，一朵朵贴在牙上，笑死人了。哎哟，六十多岁的人了，臭美什么啊！

癫子妈不光是议论，还专门等在楼门口，待吴老太出来，便嬉皮笑脸地凑过去，龇着两颗黄腻的龅牙问：她吴姨，你怎么还带个牙套呢？

吴老太笑道：想美啊！

街坊们觉得吴老太怪，是因为吴老太和她们不一样。吴老太没子女，没子女就应该唉声叹气，就应该愁眉苦脸低着头走路。吴老太不是，她从不像别的老太那样站在当街聊天或躲在阴凉处打牌。吴老太总是干净利落脊梁挺得倍儿直从街边走过，那脸白皙明亮，手挎着老伴的胳膊。

吴老太还学画画，背上的画板包在阳光底下一晃一晃的，晃得树荫下的一帮老太太心里痒痒，舌头飞转。吴老太的今夕过往就从那些舌根底下流淌出来……

唉，这老太也够惨的，当了一辈子孩子王，却没一个孩子。

谁说没有？她生过一个女儿，十几岁时死了！

死了，怎么死的？

唉，我也是听说，好像是车祸。

吴老太猜到人们的议论，却从不解释。她退休后开始学画画，是因为女儿喜欢画画，女儿那张获奖作品《花儿灿烂》一直挂在她的床头。她喜欢背着画夹子和老伴去写生，当老伴端着相机四处拍照时，她就坐在山顶或大海边的礁石上一边往画布上涂抹颜料，一边和女儿喁喁私语。那一刻，她能听到风撩起发丝的低语，能感觉到海水漫过脚趾的轻柔。风吹动云朵，脚下的海浪层层推涌，她把眼前的美景描画给女儿。她相信女儿的眼睛一定在某一个地方注视着她，欣赏着她的画。

每当吴老太手握画笔冥想远眺时，老伴就默默地坐下来，从不去打扰她。他知道吴老太又想起了那个暴雨肆虐的夜晚。

那天傍晚下起暴雨时，她正给高三学生上课。老伴在单位忙一项实验。11岁的女儿是在给她送伞的路上被车撞倒的。她和老伴赶到医院时，女儿已经停止了呼吸……她虽然哭得死去活来，还是忍住撕心裂肺的痛在捐献遗体的文件上签了字。她颤抖的手指救活了6个人，也让她感觉女儿还活在世上……

女儿走后，她把全部精力都花在了工作上。她带出的高三毕业班，高考成绩在全市名列前茅。

女儿活着的时候很爱美，经常摆弄她的长发，一会儿盘成发髻，一会儿编成花辫。还向爸爸夸耀：妈妈是我们班同学的妈妈中最漂亮的！所以她不能邋遢，必须把自己打扮得漂亮得体，她要让女儿在天堂里也为她感到自豪。

前些日子她牙痛，看完牙后，她问大夫：我的前牙有点外凸，牙缝也越来越大，什么原因啊？

大夫说：岁数大了，牙龈开始萎缩，时间长了会改变咀嚼功能，影响身体健康。

她问：有办法治吗？

牙医说：可以用牙齿矫正器，俗话叫戴牙套。不过一般老年人不戴，她们不仅是怕花钱，是觉得老了不需要美了。

她说：我做。

她戴牙套不仅是为了美，还是为了健康。她要有一个好身体，她还要干一件大事。

两个月以后，街坊们又有了新的话题——吴老太失踪了。吴家老头天天愁眉苦脸地自己遛弯。

癫子妈兴奋到跺脚，拦住吴家老头打探，吴家老头说，去西藏了！

癫子妈像打了鸡血到处爆料：嗨，吴老太又作疯呢！丢下老头不管，自己跑去西藏。唉，那老头真可怜啊！

　　吴老太是什么时候回来的没人看见。只记得一个春光明媚的上午，寂静的楼道突然变得异常热闹。吴老太夫妇被一群有头脸的人簇拥着走出楼门。阳光下，吴老太的脸平静如水。

　　消息又从癞子妈嘴里传了出来：吴老太夫妇用一辈子的积蓄，在西藏捐建了一所小学。他俩这是去学校当志愿者，要走很长时间。前段时间吴老太是去西藏打前站，已经安排好了一切，这次回来是接老伴的。

　　　　　　　　　　　（本文发表于《小小说大世界》2016 年第 7 期）

露　儿

露儿是我的房客，一住就是 5 年。

露儿 25 岁，一个白皙文静、有点忧郁的姑娘。

露儿是本市人。本市人不住在家里，跑到外面租房住，很让我疑惑。更让我疑惑的是她从来不回家，即使是过节，即使是大年三十。

露儿不怎么上班，也很少出门。据说找过几次工作，都是只上了几天，就辞职了。

露儿经常出去旅游，旅游时就让我帮她照顾猫，回来时给我带些礼品表示感谢。露儿不缺钱，房租准时交，快递三天两头来——她什么都用快递，服装、日用品、猫粮，连她吃的水果、蔬菜都快递。

露儿有些孤僻，5 年来除了露儿妈和露儿的一个女同学外，再没有其他的人登过露儿的门。

露儿妈是做水暖生意的，黑瘦憔悴。

露儿见着妈脸黑的像阴云，弄不好就是一场疾风暴雨，露儿妈就在风雨中掩面离去。

　　露儿妈来时总赶上露儿出门。每当露儿妈提着大包小包的东西满脸是汗、气喘吁吁地敲不开露儿房门（我住六楼）来敲我门时，我就好奇地问：你来时怎么不事先跟她打个招呼呢？

　　露儿妈说：打了，这丫头不知怎么就出去了。

　　好几次都是这样的对话，好几次都是我把东西接过来，露儿妈一脸无奈地离去。

　　半个月前，露儿妈给我打来电话：大姐，露儿最近好吗？她上班了吗？

　　我答：上了吧，最近她好像每天早上都出门。

　　露儿妈说：啊，那我就放心了……她这个月的房租交了吗？

　　我答：交了。

　　露儿妈说：好，要是她下月没交，你给我打电话。不等我回话她又接着说：这孩子跟我赌气，已经三个月没理我了，打电话，也不接。年前我给了她两万，怕她花光了，没钱交房租。

　　我一阵心酸，劝道：你别担心，她这么大了，有事会自己想办法的。

　　露儿妈说：是啊，我就是放不下心，又不敢找她，怕她生气。

　　露儿妈很挂念露儿，经常给我打电话问她的情况。每次都叮嘱：您千万别让她知道我给你打过电话，知道了她不高兴。那样子，诚惶诚恐，像做贼似的。

这母女俩怎么这么拧巴？露儿的爸怎么从没来过？疑问像屋外的雾霾，迷离，神秘。

三天前，露儿来敲我门：阿姨，我明天去日本旅游，您帮我照看一下猫吧。说着她把钥匙和一张写满字的纸给我，反复叮嘱：您每天要给猫喂两次猫粮，一盒罐头……如果猫有什么异常要及时跟我联系，我会 24 小时开机。

一只猫，至于吗？我心中不悦，答应完，就要关门。露儿赶紧挡门，急着说：您一定要按纸上写的做啊！

我答：好！又要关门。

露儿又挡门，说：还有，我妈要来了，你别让她进我屋。

今天上午，露儿妈真来了。

望着满脸失望的露儿妈，我不知道说什么好，只好把她请到我家歇息。

露儿妈坐在沙发上，满脸愁云，迟疑着开口：我再婚后，露儿就搬出来住了，她骂我离不开臭男人。可我这般岁数了，越来越干不动了，想找个依靠啊！

我说：孩子慢慢会理解的。

露儿妈说：露儿恨我。

我说：怎么会啊？

露儿妈说：她恨我和他爸离婚，离婚后不久，她爸就病死了，她说我害死了她爸。

我脱口而出：是啊……

露儿妈眼里含着泪水：可那时候她爸总和我吵，骂人、摔东西，再说谁会想到他会两年后病死啊？

啊……我陷入了沉默……寂静像冰山般压来，沉重，冰冷。

露儿妈在寂静中爆发：可露儿不是我们亲生的，她爸就是为了她才和我打架的！

我惊讶得瞪大双眼。

露儿妈躲开我的目光，望向窗外：那是一个夏日的黄昏，我刚结婚不久，散步时捡到了露儿，她躺在花丛里冲我笑，那一刻，我的心醉了……我怕露儿受委屈就决定：今生，不生孩子……她的眼睛由迷离变得明亮。

我问：露儿知道这些吗？

露儿妈摇头：不知道，我不想告诉她，我怕她受不了。

瞬间，一股热辣在我心中涌起，热泪如雨。

（本文发表于《黄河文苑》2016 年第 2 期）

好世界舞厅

她问：喂，你在哪儿？

他答：我在外地。

她埋怨：你怎么还在外地，我都三天没跳舞了。

他笑道：你先约别人吧！

她说：算了，我还是窝家看电视吧！

他放下电话，冲出家门，向好世界舞厅奔去……

她是他的舞伴。

那晚离婚不久的他坐在公园的长椅上正对着眼前一群甩手扭屁股的男女运气。老婆就是这么扭着，扭着，扭到别的男人怀里的。这狗屁交谊舞竟有那么大魔力？实在让他想不通。

他迷迷糊糊就被她带进了舞池。对，迈右脚，走，走，搂住我，走……随着她越贴越紧的躯体和呼出的热气，他竟有了一种异样的感觉，那感觉让他……

后来她就成了他的舞伴，她教会了他跳三步、四步、伦巴……她带着他从露天广场跳进了好世界舞厅。他越来越迷恋昏暗迷离的舞场，越来越喜欢在闪烁的灯光下旋转的感觉。

跳完舞他们就坐在旁边的酒馆喝酒。几碟小菜，两盘水饺，他们可以坐上两个小时。

她问：你离婚了？

他答：嗯。

她说：我没离婚，跟离婚也差不多，老公做生意，黑白不着家。

他答：嗯。

她哈哈大笑，你可真沉稳，半句话不多说。

他别过脸看向窗外，他不喜欢她的笑，具体为什么他也说不清楚。大概是像他的前妻吧。他想起舞厅中另一个女人，瘦瘦的，皮肤雪白，安静地坐着。那个女人让他充满幻想，让他……

嗨，想谁呢？她用酒杯磕着桌子。

清脆的响声，让他慌忙回头，环顾四周。那些好奇的眼神让他脸红，他急忙扭过脸，说：小点声！

她盯着他问：怎么了？我又没偷没抢。

他端起酒杯低头喝酒。他讨厌她看他的样子，像看一件物件，肆无忌惮。他喜欢那个女人忧郁、迷蒙的眼神。

夜深时他们走出酒馆，她挎着他的胳膊让他送她回家。他顺从地随着她走，树影婆娑，灯火阑珊。她贴紧他，呼呼地喘着热气，胸前的东西一颤一颤的，手……自此他们成了情人，成了情人后，她除了和他跳舞就是拽着他坐在暗处看着舞池里的男女评头论足。他虽然觉得这样很低俗，但他还是依着她。他正好可以看那个女人。

她说：东面那个女人太妖，嘴太大。

他答：嗯。

她说：那个穿红裙的女人太黑，屁股太撅。

他答：嗯。

她说：那个穿黑色长裙的女人太瘦太白，像个病秧子。幽幽怨怨的一点都不喜庆。

他的心一颤，答：嗯。他讨厌她说那个女人。他嘴上应和，心里在笑。笑她浅薄，笑她吃不着葡萄说葡萄酸。

她拽了他一下，说：嗨，就那个男的，和那个瘦女人跳舞的男人，原来是我的舞伴。是我教会他跳舞的，跳着，跳着，他就把我甩了。那男人是花心大萝卜，跟好几个女人扯不清，现在又搭上了这么个女人。

他的心一揪，脸腾地红了。他感觉她像是说他，他摸摸脸，有点庆幸：多亏了坐在暗处，否则又要被她发现，追问他又看上了哪个女人了。

他觉得自己有些无耻，自己怎么能一边和她睡觉，一边想着那个女人呢？可他就是按捺不住。

他越来越烦她，越来越觉得自己不值，自己怎么会被这么个女人俘虏了呢？

前几天他决心逃离她，哪怕是从此不进舞厅。他就跟她撒了个谎，说到外地出差。

他在家憋了三天，总是想舞厅，想那个女人。

他边走边想，想搂着那个女人娇柔的细腰跳舞，想把她揽在怀里抚摸她白皙的皮肤听她说话，他想她说话一定有趣。

他有些急切，不由得抬头看前方。

舞厅门口肥硕的她正堵在中央，高挺的胸脯迫使鱼贯而入的男女兵分两路……

他像耗子一样蹿进黑暗，盯着她的身影暗想，难道她识破了我的计谋，等在门口想抓我现行？

突然，她向一个男人奔去，叫着：嗨，你怎么才来啊？我等半天了。她挎起男人的胳膊走进舞厅。

他心酸溜溜的，很失落。他想，不对啊，我应该高兴才是啊。

（本文发表于《河北小小说》2016 年第 2 期）

去撒哈拉沙漠

她在这里已经坐了许久。

她记不清自己是怎么走出医院的，她隐约记得自己上了一辆公交车，被售票员从迷离中唤醒时，她已经来到了这座山脚下。她茫然地随着游人走进公园，循着一条小路来到这里。

她的生命已经走过了 57 个年头，对于死她有过考虑。

那次到深圳出差，赶上洪水，火车在东莞遭遇路基塌方，停了 7 个小时。她第一次感到死亡的临近。

那次，上铺的女孩上去下来，攥着手机不停地和老妈哭诉；对面铺上的男人，脸色煞白，左脸的肌肉不停地抽搐，一遍遍向人们打探情况。

她闭眼躺在卧铺上，朋友临终的情景在她眼前浮现：瘦成骨架的躯体上插满了管子，缠着绷带的头挤着蜡黄的脸，脖颈处血肉模糊。朋友的老公邋遢萎靡，撑着一张凄苦的脸，睁着布满血丝的眼睛自语：怎么会这样？怎么会这样？只半年时间，什么招都使了，人还是走了！

她睁开眼时，对面的男人正望着她，问：你哭了？

她坐起身，答：啊，没事。

于是，他们聊了起来。

男人问：你怕死吗？

她脱口而出：不怕，只是怕死时的无奈和尴尬。

男人调侃：嘿，你好像看透了生死？

她笑了：是啊，死是归宿，谁也无法抗拒。就像我们来到这个世上一样，没被通告，就被抛到了舞台上。

男人也笑了，做出倾听状，一摊手：继续。

她有些得意：我们像木偶一样被命运的线绳牵引，随着幕后的那只巨手舞蹈，我们对自己的感知随着台下的掌声、喝彩，时而陶醉时而沮丧。

男人问：现在呢？你是陶醉还是沮丧？

她调侃道：我舞了大半场，已趋于平淡。

男人问：假如你现在得了绝症，你想怎么退场？

她一惊，思索着说：我？我就默默离去，去海边，向海的深处走去，当海水淹没我胸部的时候，我服下安眠药，仰游着漂向远方；或者走进深山，选一片寂静的树林，吃完药，靠在树干上慢慢地睡去，很久以后我会化成树下的泥土。

男人有些激动：因为你不想让亲人为你痛苦？不想让他们为你治病变得一贫如洗？

她盯着男人，眸子闪闪发光：我不想让他们看到我不堪的样子；我不喜欢人们围着棺椁瞻仰！

男人变得阴沉：你太自私了！

她说：只自私一次。

男人痛苦地说：我老婆得了肺癌，晚期。

她嘴角抽搐：肺癌，晚期？

男人塌了肩，像晒蔫的茄子：她没打招呼，就走了。一个朋友在深圳看到过她，我这是去寻找她。

她的泪水夺眶而出，连声道歉……

刚才医生婉转而含蓄地告诉她病情时，她差点瘫在地上，心像被刀剜了一下又被扔到旷野似的疼和空寂。

她在心里反复问自己，为什么？为什么我的命这么惨？我会怎样煎熬着走完最后的一段路？

一阵风吹过，吹动眼前的花草、树梢，引着她的目光掠过对面一座座山峰，她感到，心中另一个自己在涌动。那个自己渴望辽阔和狂野，想去看沙漠和戈壁；只有那里才驰骋得下她那颗狂放和孤寂的心。

她有了决定，她要在生命的最后，活另一个自己，去撒哈拉沙漠，让苍鹰为她送行，让大漠做她的墓地。

她掏出手机，想订机票。开机后铺天盖地的信息和来电提示让她眼晕。

医生弄错了，赶快开机。

你在哪儿？快回电！

急死我们了，别干傻事！

老公的留言让她震惊：医生来电话，说 CT 片发错了。那个片子是一个肝癌晚期病人的，她这次复查没问题，医生和她都觉得奇怪，仔细追查，才发现问题。你们同姓名，只是她比你年轻。

她急忙找出 CT 片查看，还真是，年龄标注：45 岁。

她泪流满面，说不清是什么感受，好像已经死过一回。她苦笑着自语：还去不去撒哈拉沙漠呢？唉，再等等吧！

多好啊，还有机会

那天早上他从梦中惊醒，惊出一身冷汗，头下的枕头湿湿的，散着酸臭的气味。

他洗漱完，走到餐桌前抓起面包撕了两块塞进嘴里，嚼了嚼吞进肚子，一仰脖灌进半杯牛奶。他摩挲着胸口，抽了张餐巾纸边擦嘴边向门外走。

从厨房走出的老婆冲着他的背影喊：急什么！

有事！他的回答像被门夹住了尾巴。

他匆忙下楼，还未站稳就向对面楼望去，幽深的门洞旁一把破旧的竹椅在秋风中摇曳，发出吱呀的声响。他的心骤然抽紧，想起了那个梦。

梦里那把竹椅飘飘悠悠变成了一个花圈，瞬间又变成了男人的遗像，遗像向他移动，他僵立着，像被灌了胶，想说话，说不了，想走，动不得。遗像越来越近，就要撞到他的鼻尖了，他大叫一声，从梦中惊醒。

难道梦是在暗示什么？他疑惑着绕过绿地走到那把竹椅旁，

问正在扫地的大妈：您好，坐在这里的那位大哥今天没出来？

大妈没抬头。从扬起的尘烟中蹦出两个字：走了！

走了？他一激灵，边躲避弥漫的灰烟，边念叨：真的走了。

他是旁边那所大学的教授，住到这个小区很多年了，出来进去从楼前走过，很少关注对面楼的情况。

他隐约记得对面楼门口总坐着一位黑胖的六十来岁的男人，手托把泥壶，时不时嘬一口。男人悠闲地摇着竹椅，望天看地观风景，偶尔喊一句：谁家的孩子，大人呢？或是指着路上的一堆狗屎嚷：谁家的狗，随地拉屎，摔着人怎么办？

春夏秋冬基本天天如此，太阳没出来时男人就坐在那儿，太阳落山了他还没走。男人的身边总坐着一群人，下棋，打牌，很是热闹。

他猜想，那些人可能是搬迁来的，或是退了休没事干。不管怎样那些人跟他不搭边，他只是偶尔瞟一眼，从没说过话。

两个月前他下班回家，走到楼门口突然肚子疼，刀绞似的疼痛让他瞬间跪到地上。

他大汗淋漓，一手支着地，一手捂着肚子。他以为自己要死了，侧头向对面楼门望去。

竹椅上的那个男人正看他，随即端着泥壶向他跑来，跑到他身边俯下身子问：你怎么了？

他说：我肚子疼，很痛。

男人说：上医院吧？叫 120 救护车？

他闭着眼，点头：快！

那次他得了绞窄性肠梗阻穿孔，被 120 拉到医院就做了手术。

老婆说：多亏了那个男人叫了救护车，否则你就没命了。

他说：是啊，出院后要好好谢谢人家。

出院后，他就忙工作，像上了发条的钟表似的不停地转，一直没时间向男人道谢。

可从此他就有了念想，每次从楼门口经过就会往对面楼门望一眼。竹椅上的男人好像早就等在那儿，不等他开口先问一句，上班啊？或者，回来了？

他就回一句，嗯，您早啊！或者，您还没吃呢？

他总想有时间绕过那片绿地和男人好好聊聊，向人家道谢，但始终没有。

他闷着头去了学校。他一整天都感觉憋闷，好像有块石头堵在胸口，堵得难受。他很后悔，为什么不早点跟那个男人聊聊啊，人家救了他，他却连人家姓什么，住几楼，都不知道。

他没等下班就往家走，走到那把破竹椅旁，正好碰见一位刚从楼门里走出来的中年女人。他截住女人问：您好，您知道坐在这个椅子上的男人是哪天走的吗？

女人说：你问李哥？

他点头：对，李哥。

女人说：走一星期了吧！

他问：他得的什么病？

女人疑惑地回答：病？李哥没得什么病啊。

他问：那他怎么走了？

女人答：嗨，他闺女怕他一个人孤单，接他走了。

一股热辣涌到他的嗓子眼，他颤抖着声音问：什么？他没死？

那女人怀疑地看他一眼，扭头就走，边走边嘀咕：死？人家活得好好的，说什么死。

泪水模糊了他的眼睛，他像风一样向物业奔去，他要跟物业要李哥的电话号码，给李哥打个电话和他好好聊聊，他想见李哥。

（本文发表于《大观》2016 年）

隐秘情人

她和他刚认识 5 天，却像相识了千年。5 天前，一撞到那双深邃的眸子，她就知道，她逃不掉了。

来北海开会前她心静如水，静得没有一丝涟漪。现在她躺在宾馆里像个初恋的少女，一点点追忆着 5 天来她和他发生的一切。

那天傍晚，树影婆娑。凉亭下，几个人围桌而坐，喝茶聊天，她就坐在他对面。

她低头品茶，很少插话。她感到他在看她，忙望过去，他迅速逃离。月光下，一张极具男人魅力的脸，让她出神遐想。"这样一个男人，会……特别是那双漆黑深邃的眼眸，即使是在微笑也透着智慧和冷峻。"

第二天早上，她散步时又和他相遇，他们像老朋友似的交谈，从专业谈到了文学，从曹雪芹谈到巴尔扎克。他们彼此发现，他们是那么相似。他们已经很久没有同别人这么交谈了。在这个欲望横流的社会，他们找不到，也羞于和别人这么交谈。

第三天，他的眼神变得兴奋而热烈，她躲避着他的眼神又情不自禁地追逐他的声音和身影，她感觉他的每句话都像是对她说的。她不由得也没话找话地和旁人搭话，那声音甜美而生动。她感到无比喜悦和快乐。

第四天，他的眼里燃烧起火焰，那火焰让她躁动不安，让她害怕、痛苦。她感到自己像只扑火的飞蛾渴望瞬间的烈焚！她……

突然，手机响了，"去喝茶好吗？我在大堂等你！"

"好！"她浑身战栗，翻身起床，开始装扮……

鬼使神差，他们没去喝茶。他们走进一个酒馆，找了个僻静的位置坐下。酒馆淡雅幽静，昏暗的灯光下，稀落地坐着几个客人，默默地喝着酒。

"我的家乡有很多这样的酒馆，简陋但安静。"她环顾四周，回想起那个烟雨朦胧的江南小城，还有美好的童年。那柔美的声音，那漆黑迷蒙的眼眸，让他感动。

他慢慢地谈起了自己。"我的家乡在陕北，那是一个寒冷而贫困的山村。我上面有一个姐姐，一个哥哥，他们只有小学文化，全家人把希望都寄托在我身上。从小我就努力学习，盼望有一天走出大山。我们村离县城很远，上学要爬过两座山，早上4点就要起床，后来我考上了大学。"说罢，他盯着她，"你知道吗？我是我们县第一个，也是当时唯一的一个考到北京的。"

她的眼睛湿润了，眼里闪着泪花，看着他不住地点头，"知道，我知道！"

他喝了口酒继续说："在大学里，我拼命读书。大学毕业，我分到机关，娶了上司的女儿，买房、生子。我没谈过恋爱，生活单调而沉闷，闷得我喘不过气来。我像个没了灵魂的躯壳，在人世间游荡。"说罢，他又看向她，那眼神痛苦而忧郁。

泪水从她的眼中涌出，她没去擦拭，任由它流淌。她浑身抽紧，心在颤抖，一口喝光杯中的酒。

他拿起酒杯一饮而尽，接着说："最近我遇到了她，第一次见面，我就感觉她身上有一种与众不同的气质，这种气质吸引我慢慢地走进她。我越走进就越发迷惑了。我弄不清哪个是真正的她，是那个文雅恬静的她，是那个淡定睿智的她，还是那个敏感尖刻的她？"说着，他欠身握住她正要取杯的手，"我想探求！我渴望了解，那是一个怎样的女人，她又有一个怎样的绚丽多彩的过去。"

泪水在她脸上凝固，她的脸变得冰凉。

他握紧她的手，眼里闪着光亮，急促地说："允许我吧！付给我权利，去探求那颗高傲而孤寂的灵魂。让我们的灵魂相互碰撞，相互温暖！"

这些话你也对另一个女人说过？她问。

什么？他有些诧异。

我的闺蜜。原来你就是那位隐秘的情人。

她嘴角挂上一抹嘲笑，抽出自己的手，向黑夜中走去。

（本文发表于《神州》2016 第 8 期下）

黑色派克笔

我中邪了，被魔鬼附了体。

妈是这么认为的，从她的眼睛里我读出了这个信息。

此刻我正坐在书桌前，用一杆黑色派克笔勾画我小说里的人物。

这支笔是爸给我的，爸说笔是过世的安叔叔送的。他看我喜欢写作，就把笔送给了我。爸没把笔送给哥、姐，而是送给我，足见爸是喜欢我写作的。

妈和爸不一样，妈烦我写作，烦的样子让我哭笑不得。就像她看见了一只被魔鬼附体的小羊，正兴高采烈地扑向火坑。

"吱呀"，门开了，门缝中挤着妈的脸：月儿，歇会吧！

哎哟，您又来了！

好好，我不打扰你。唉！妈叹着气，缩回脸。门没合上，我知道那是妈故意开的。

我写写停停，不时扭头看门。妈的眼睛躲在门缝里一闪一闪。

"吱呀"，门又开了。我给你把茶满上。妈的声音先挤进门来。

唉……我把笔扔到桌上，无奈地看着妈。

妈低垂着眼，端茶的手有些抖。

一股酸楚涌到我的喉咙，我的眼湿了。

妈抬起头：月，别写了！

妈，我不累！我把妈哄走，关紧门。我刚进入状态，"吱呀"声又来了，妈挤在门口举着一个苹果冲我笑。她嘴角使劲往上裂，眼睛幽深，像两口枯井，藏着恐惧和怜惜。

您到底想干什么？让我安静点好吗？我崩溃了，大声地叫喊。

妈冲过来，夺过我手中的派克笔：我干什么？我为你害怕！我害怕得哆嗦！

哼，你为我害怕？我在写文章，我想当作家！

写，你早晚写出事来！妈盯着我，浑身战栗。像看到了魔鬼！

我急了，大喊：愚昧！你懂什么？

我愚昧？我不懂！

好，不懂就不要瞎管！

妈哭了，把派克笔摔在桌上：好，我不管，我不管你！

派克笔还在桌上蹦，妈的背影已关到了门外。我跌坐在椅子上，泪水夺眶而出。我知道自己太过分了。妈是爱我的，我是家里的老小，哥和姐都插队去了。我和哥只差一岁，当初插队时，我俩可以留一个。别人劝我爸妈，让我去插队，把哥留下。可爸妈却把我留下了。

妈从没跟我发过火，这是头一次。我害怕得要命，不停地在屋里踱步，盼望爸早点下班。

爸回来了，我一边往我房里拽爸，一边对他使眼色。

爸问：怎么了？神神秘秘的？

我关紧门，把刚才的事跟爸讲了一遍，讲完还不服气地说：妈也是，什么都不懂。我不就是喜欢文学吗？她却怕得要命！

爸脱口而出：她是怕你像你爸一样，疯了。

我爸？我瞪大了眼睛。

爸急忙掩饰：啊，我……我说错了。

我盯着爸躲闪的眼神：说错了？

嗨，我告诉你吧！爸松垮地靠在椅子上，像被人抽去了筋骨。爸说：你不是我们亲生的，安叔叔才是你的亲生父亲。

什么？安叔叔？我的眼前浮现出精神病院里，那张清瘦、木讷的脸。小时候，爸妈常带我去看他。

是啊，你爸妈都是我的大学同学，毕业后分到同一个单位。你爸迷上了写作，文章常在报刊上发表。他说，他痴迷那种把自己的文章变成铅字的感觉。那种感觉让他成了右派，1958 年被遣送西北劳教。你妈偏要跟着去。临走时把你托付给我们，那时你才两岁，瘦得跟小猫似的。爸拿起桌上的派克笔，眼里闪着泪光：你妈到那儿的第三年病死了，你爸一着急就疯了……爸把派克笔递给泪流满面的我：我把这个秘密告诉你，就轻松多了。我们早就想告诉你，想让你到他们墓前磕个头，可又怕你知道了受不了。

爸……我扑到爸怀里放声大哭。哭声撕心裂肺，回荡在 1979 年深秋那个特殊的夜晚。

（本文发表于《邯郸文艺》2016 年第 5—6 期）

3 栋 502 号的女人

9 点 10 分，她从容而优雅地从楼前小路走过。

小路旁随即掀起一片涟漪。

拽着孙子的李阿姨，撇嘴斜眼地开口：瞧，瞧啊，又出去了。快六十的人了，描眉涂粉的，成天穿成那样，干什么呀！李阿姨边说边抖着像锥子似的豹纹腿。

旁边的贺阿姨应和道：是啊，50 多岁的人了，天天背个大包，怎么看怎么别扭。

哦……人家那包里装着跳舞的行头，你们知道吗？李阿姨松开孙子，凑近我们，神秘兮兮地说：去那地方还得换衣服……灯一黑，男女搂抱在一起，蹦嚓嚓蹦嚓嚓……李阿姨说着扭动起豹纹屁股，屁股蛋儿一颠一颠的，像两个花皮球。

说实话，我倒觉得那女人的烟色紫花套裙比李阿姨的豹纹健美裤文雅多了。特别是她随意挽在脑后的发髻和发髻下白皙修长的脖颈，总让我想起三毛或张爱玲。

旁边，玩牌人的议论也钻进我的耳朵：嘿，你们看那娘们，和咱们就是不一样；装样，有什么了不起的，一副假清高的德行！

十年前她刚搬进 3 栋 502 号时，我就很欣赏她的气质。一件黑色无袖高领背心，一条白色棉麻长裙，竟让一个快五十岁的女人穿出超凡脱俗的美。

欣赏是欣赏，但我不敢效仿。我一直认为：人必须求同，必须和大家一样，哪怕大家都做癞蛤蟆，你也必须做癞蛤蟆。你要是想做青蛙，或是做了青蛙，那就麻烦了。想做青蛙，你就要痛苦纠结；做了青蛙，你就会被打进十八层地狱。

我是想做青蛙的那种人；所以我一边与癞蛤蟆为伍一边做着青蛙的梦；她是做了青蛙的人，因此她被大家所不容。

人们常在背后议论她，有的说：她不像正经女人，正经女人成天忙着买菜做饭，伺候老公孩子，哪有时间打扮自己；有人说：她一定是在舞厅工作，你看她那身条，像个小姑娘似的，准是成天跳舞跳的。这样大家就断定她是在舞厅工作了。

本来嘛，大家都想让她在舞厅工作。她只有在舞厅工作了，大家的心理才能平衡，才能在老公面前理直气壮地邋遢。

她好像不食人间烟火，十年来她一直早出晚归，不和人搭话。迎面碰上人也只是点头微笑，问声好。

近半年，她每天出门的时间晚了。9 点 10 分她准时从这条小路走过。有人说：她退休了，她那种人，退休了，也不会在家做贤妻良母，也得往舞厅跑。

　　我不认同那些人的说法，我不止一次地看见她一边挽着先生一边挎着女儿在河边散步的情景，那种融洽甜美的气氛，让我觉得她一定是一个好妈妈、好妻子。

　　我觉得她像医生或是教师，但又不像，因为我就是一个退休教师。医生和教师是接地气的，不会那么超然。

　　她就像一个谜，人们越贬低她我就越想揭开这个谜。我甚至有一种想告诉她别人在议论她的冲动，好让她站出来澄清自己。

　　然而，我一直没有告诉她，一直没有机会……

　　第二天我上医院，赶到公交车站时，汽车正要关门，我慌忙上车。一抬头，她正冲我微笑：你好，你坐吧。她往里挪了一下，把边上的座位让给我。

　　谢谢！我坐好，紧挨着她，可以把她看得很清楚。她根本没描眉涂粉，时间的磨盘同样残酷地在她白皙的脸庞上碾下凌乱的褶皱。她的眼睛像年轻人一样晶莹明亮。

　　我没话找话地指着那个紫色皮包赞叹：您这个包可真大啊！

　　她说：大包装东西方便，书啊，本啊，菜啊，都可以往里塞。

　　我问：您这么早上哪儿啊？

　　她答：上班。

　　我问：您还没退休？

　　她答：退了，单位又返聘了。

　　我问：您在哪里工作，这时走不晚吗？

她答：在设计院，单位照顾我，不给我规定时间。

我问：您是设计师？

她答：对，我是学建筑的，偏爱园林设计。

园林设计师！我想到了苏州园林，想到了林徽因……

（本文发表于《河北小小说》2016 年第 2 期）

它，飘向远方

夜深人静，树影婆娑，我的魂灵在树林上空游荡。

我早就死了，43 年前的一个冬夜，我把自己吊在了那棵树上，当太阳升起的时候，人们像风一样赶来，我在如海的人群中看到了好朋友，梅。

我和梅是同班同学，正在读初三。梅是班长，我是数学课代表，梅是一个高挑漂亮的女孩，比我高半头。我们俩的性格正好相反，梅开朗自信，我孤僻自卑。但梅不那么看，梅说我表面谦卑，骨子里藏着清高。

梅喜欢语文课代表涛，总是拽着我假公济私地找涛谈事，我对梅的小伎俩看得明明白白，但我不点破。我甚至特别渴望那种机会。

梅每次问我对涛的印象，我都装出不屑的样子。

我们仨在一起时，我对涛爱答不理，心却慌得要命，耳朵伸得倍儿长。回到家，躺倒床上，一遍遍回想白天的情节，是我最美的享受。因为我发现，涛看我的眼里闪着异样的光。

我渴望那眼光，渴望独占那颗心。可梅怎么办啊？再说，我也比不过梅啊！万一我亮剑失败，我会死的！我什么都没有，只有一颗自尊的心。

妈总说：我们要低头做人，要忍让。

小妹问：干吗要低头？

妈说：因为，我们不如人。

小弟问：我们怎么不如人？

妈不答，扭头看被打成右派的父亲。

走，学习去！每当这时我就赶紧把弟和妹拽走。学习好，是我们仅存的骄傲。那骄傲让我们昏暗的生活有了光亮。

梅总是仰着头，笑得灿烂。因为梅的父亲是工宣队队长。

涛的眼神让我那点骄傲变成了火苗，那火苗让我总想像梅似的仰着头笑一次。

为了克制这种奢望，我把自己埋在爸偷藏的一箱子书里。可那些书让我心中的火苗越烧越烈。

一天中午我竟把那本我最喜欢的《复活》放到了涛的课桌里，里面还加了一片枯黄的落叶。我为自己的举动激动不已，第一节课，我一直处在恍惚中，我想：他看到书，会想到我吗？如果没有，我会比喀秋莎还要痛苦啊！

第二节自习课，我趴在课桌上继续幻想。

"米雪，这是你的书吧？"天啊！那本书怎么跑到班主任手里。我大瞪着眼睛，头脑一片空白。

"你不要抵赖，已经有人揭发了你。哼，自己看黄书，还想拉别人下水。小小年纪，思想竟然那么肮脏！你要彻底反省，这件事，没完！"妈呀！我要死了，我恨不得立即消失。

我不知道是怎么走出教室的，天黑得很快，我没敢回家。我也不敢在街上行走，我感觉每个人都在看我，人们指指戳戳：流氓，女流氓！我想到了游街的场景，无数的人拥挤着向被剃了阴阳头、胸前挂着破鞋的人扔石头，叫喊：坦白从宽，抗拒从严！坦白……

我向旷野奔去，那里有一片树林。前几天我们仨还在那儿聊天，涛还开玩笑：米雪，你那小脑瓜是怎么长的，功课门门第一！那一刻，我扭头看梅，梅一脸鄙夷；那一刻我赶紧低头，心却在笑，脖颈和腰板挺得倍儿直。

可今天，涛为什么要揭发我呢？因为我不如梅？他压根就没看上我，是我自作多情。梅会怎么想呢？我真后悔啊！我抬头望着天空叫喊：为什么，我为什么要那么做呢？为什么要自取其辱？

我跌跌撞撞地往前奔。狂风怒吼着：这事，没完！这事，没完！我仿佛看到了妈妈哀求的脸，看到了我被批斗的景象……

我走进了那片树林，靠着一棵大树坐下，狂风吹打着树枝，发出怪叫，我并不害怕。我害怕天亮，害怕人。一想到人我哆嗦起来，裹紧棉袄。

天快亮了，我不能等到天亮啊！我站起身，拽到了那个树权。但我又放下了，我想起了家里的小火炉，想起了全家围着火炉烤窝头片的情景，我流下了眼泪，我真不想死啊！

狂风一直在刮，我在小树林里一直走，一直想……最后我还是把自己吊在了树上。

我的魂灵继续游荡，我看到了那棵树，树下站着苍老的梅。她在诉说，是我把那本书交给了老师，在你放书的时候，我正走到教室门口……我那时太愚昧，以为自己在"革命"。

天啊！我的魂灵长叹一声，向远方飘去。它可以安宁了！

（本文发表于《洛神》2016 年第 4 期）

你这个孩子啊

　　陈老二躺在抢救室里和阎王爷较劲，陈家的老少都在大玻璃窗外抓耳挠腮地着急。他们不是为陈老二的性命着急，医生说陈老二熬不过今天夜里；他们是在为另一件事闹腾。

　　陈老大攥着手机向大家宣布：老二闺女一会儿就到。

　　陈老三对着手机喊：二嫂你不能不管啊，你……话说半截，声音立马变小，因为媳妇正戳他后腰：嗨，嗨，小点声。

　　其余的人，伸舌头，撇嘴，嘀嘀咕咕。

　　陈老太坐在这群人中间，脑袋像扎进了马蜂窝，嗡嗡乱叫。但她努力使自己镇定，她不能乱，她不能让那个外地娘们得逞。按说，快八十岁的人了，一听说儿子要不行了，不瘫在床上，也得哭晕过去。但陈老太没有，陈老太和别人不一样，陈老太心里憋口气。

　　两年前，离了婚的陈老二，又要结婚。陈老太死活不同意，那个外地娘们长得葱心似的水灵，说话有板有眼，比老二小 11 岁，还带着个半大小子。图什么？图的就是你的房。你的房不是大风刮来的，那是血汗换的！那要留给我孙女，虽说孙女跟她妈走了，但怎么说也是陈家的骨血啊！可老二不听，不仅把婚结了，还在房本上加了那娘们的名字。陈老太气得差点吐血。但那时陈老太也没像现在这么焦急。她想：慢慢来吧，日子还长着呢，我们这么多人就斗不过你一个外地娘们？

现在陈老太表面上平静，心里却像炸开的油锅。她闭着眼，耳朵像侦察兵似的直立着。她捕捉到了旁人的闲言碎语，探测到了针尖似的眼光。她慢慢地睁开眼，瞄一眼玻璃窗内趴在老二床边的女人，拽了一下正给律师打电话的女儿：四丫，我们回家。有事，家里商量去，别在这让人笑话！

……

陈老二走了，丧事是那个女人一手操办的，像模像样。面对满脸悲哀、眼睛哭得像对桃子似的女人，陈老太叹服：这个外地娘们可太会演戏啊，演得跟真的似的！转瞬陈老太又犯嘀咕：难道这个女人真的和老二有感情，真像老二说的那么好？

迷蒙的小雨像张昏暗的网笼罩着枯黄的落叶，低沉的哀乐滚过灰黑混沌的人群撞在对面的墙上扇着冰凉哀伤的翅膀，葬礼显得凄凉和诡秘。诡秘来自一些人的眼睛，那眼睛里分明燃烧着仇恨、贪婪、兴奋的火焰……

此刻，陈家大小心里都揣着一把算盘，老二没有什么钱财，值钱的就是五环边上那套一百多平方米的住房。那套住房，至少值四百万，这四百万不能便宜了那娘们。老四已经向律师打听过了，那房应该算老二的婚前财产。婚前财产就应该全是老二的，就应该一半给老二闺女，一半给陈老太。陈老太的就是大家的，要分到每个儿女手里就应该是……但律师也说了，要是房本上是夫妻二人的名字就悬了。想着，那把算盘就变成了燃烧的火，越燃越烈。

嗨，一会儿别走，直接去老太太那儿，那娘们儿有话说。刚出墓地，陈老大就挨个叮嘱众人。

谁？嘿！她倒先拉开阵势了！陈老三嚷道。

嚷嚷什么？有劲一会儿再使！陈四丫，白了陈老三一眼。

陈老太的客厅里坐满了人，孙子辈的有的倚在沙发边上，有的靠在门框上，唯有老二闺女低着头坐在陈老太身边。陈老太端坐着，一脸凝重，像个指挥作战的将军。

屋里死一样寂静，所有人的眼都盯着那个一身黑衣满脸肃穆的女人，像盯一条恶狼。女人缓慢开口：妈，我今天本不该说这事，但我知道您老惦记这事，所以我今天要把这事交代完。说着女人把一个红本递给陈老太。

还没等陈老太把红本拿稳，陈老大就抢了过去，陈老大刚看了几眼，陈老三又……红本像翻飞的蝴蝶在人们手中翻转，随着红本的翻转，人们的眼睛盯向女人，几乎异口同声地问出，房本的名字没改？

女人说：没改，老二让我改，我没去。老二骗你们，是怕你们找他闹。老二走了，我也不想在北京待了，过了三七我就回老家。老家的父母都老了，我也该回去尽孝了。

你……陈老太哆嗦着"你"了半天，终于喊出：你这个孩子啊！泪水夺眶而出。

（本文发表于《神州》2016年第4期下）

瞪大眼

第一次见到瞪大眼是因为一棵丁香树。

我妈住一楼，窗外有一棵花繁叶茂的丁香树。那年夏天雨水多，丁香树疯了似的开枝散叶，硕大的树冠像把墨绿色的雨伞罩住了整个窗户，不仅挡住了太阳的热情还挡住了夏日的微风，弄得我妈成天坐在昏暗憋闷的屋里望着丁香树运气。

那天，我妈拽着我站在丁香树旁边，正为怎么给它做手术犯愁，一个光着脊梁，穿着拖鞋的老头冲过来：嗨，你们可真笨！烧几壶开水，从上往下浇！他说着照着树干咣咣两脚。我望着枝叶乱颤的丁香树，脱口而出：太残忍了！

"什么？残忍？"老头眼瞪得像灯笼，冲着我：有不残忍的，"咣咣"给它两斧子，痛快！

我妈赶紧搭话：嗨，这树是物业种的，怎么弄？还得请示物业。

"物业？"老头双手叉腰一梗脖子：姥姥！物业？我叫他尿裤子！

他看到我惊讶的眼神，瞪圆了眼珠子喊道：怎么，不信？手拍屁股，两脚一跺，哈哈大笑。嗨……试试呀！说完甩手而去。那样子好像刚教训完一个无知的小孩。

妈妈用眼角瞄了一眼老头远去的背影，低头小声告诉我，那老头姓邓，外号叫瞪大眼，住在后面那栋楼上。

我想起老头刚才瞪我的样子，问道：不只是因为他姓邓吧？

妈说：是啊，主要是他总跟人瞪眼。

我说：这个老头，够横的。

妈说：可不，在整个小区都有名。逮谁跟谁打，从不吃亏。他住2单元4层，跑人家5单元一层屋后种菜，西红柿、豆角、鬼子姜，什么都种。豆角秧爬满了人家阳台护栏。人家找他，他还跟人家瞪眼睛骂大街。物业也拿他没办法，听说他从来没交过物业费。

我问：他有多大岁数了？怎么这么混啊？

妈说：快六十了。都当爷爷的人了，还成天惹事。他弄了个假残疾证，为了坐车不花钱。那次超市面粉打折，他买了四袋。他拎着四袋面坐公交车回家，下车时还用残疾证。售票员甩了一句：您这样，还残疾呢？他就开口骂街……后来人家报了警，是他老婆从派出所把他领回来的。回来后还到处显摆，说：他和警察都敢拍桌子。

我"扑哧"一声笑了：吹吧！

妈说：唉，还真应了那句话了：修桥补路双瞎眼，横行霸道有马骑。

我说：嗨，这种人，早晚会碰到厉害的。

虽然那次我没有采用瞪大眼传授的魔鬼办法，而是找了物业，让物业给丁香树进行了修枝剪叶。但我对瞪大眼，印象深刻。后来我又去妈那里，闲聊时，问起了瞪大眼。

妈说：嗨，别提他了，真像你说的，他闹大发了！

我问：怎么回事？

妈说：他单位看他快退休了，为照顾他让他看大门。隔三天才上一个夜班，多舒服啊！可他不知足。晚上他值班，叫上儿子开着车到单位偷铁。哪是偷啊？大张旗鼓地搬！130 汽车，整整一汽车。结果，叫人抓住了。

我说：嘿呦，这次悬了。

妈说：可不是吗，儿子判了 5 年，他判了 10 年。儿媳妇也跑了，扔下一个 3 岁的小孙子。

前几天我去妈家，倒垃圾时，看到一个满头白发、邋遢肮脏的老人扒着垃圾桶翻垃圾。望着那两腿不停颤抖佝偻着腰的背影，我一阵心酸。正在这时，老人回过头来。我顿时惊呆了，差点叫出声来：瞪大眼！对，就是瞪大眼。虽然那双眼睛没了昔日的凶狠和光亮，但还是那么大，像两只磨旧的玻璃球，挤在褶皱的眼皮上。

回到家，我跟妈提起此事。妈说：是他，刚出来不久，没一分钱，靠老婆养活。唉，人啊！

（本文发表于《作家文苑》2016 年第 3 期）

三姨太

北屋里三姨太正在画画，她身穿一件浅紫色镶边锦缎旗袍，脸色绯红，手握画笔在调色盘上轻转慢蘸，待笔头沾满颜料，提笔在画布上涂抹勾画，天边那抹火红的彩霞就变成了一片紫色的烟云。她的心也随即安静下来，双眼变得蒙眬。

妈，你看谁来了。女儿如凤的喊声把她从梦幻中惊醒，她忙回头观看。如凤身后站着一个高挑的年轻男人，剑眉，高鼻，穿一身学生装，正冲她微笑。

你？三姨太微蹙眉头。

我是大少爷的同学，跟他们在东院聊天，听凤儿说您的画画得很好，过来看看。年轻人笑道。

嗨，好什么，随手涂鸦罢了。三姨太说着做了个请的手势。

啊，太美了！年轻人走到画架前，品评道：您画的是傍晚的海景，天边的晚霞色彩浓重，浓重中藏着绚丽和火焰；海水很有质感，动感强烈，我仿佛感到了海浪撞击礁石发出的巨响和刺骨的冰凉。

6 岁的如凤没兴趣听大人谈画，东屋西屋地追着她的小猫嬉戏。

年轻人看如凤不在旁边，忙从衣兜里掏出一本《简·爱》，递给三姨太说：这是肖老师让我带给您的。

三姨太一惊，颤着音问：肖峰？

年轻人点头：对，就是肖峰，他是我的老师。

三姨太颤抖着手接过书，问：他好吗？

年轻人答：好！

好！三姨太重复着年轻人的话，接过书，泪水瞬间涌出眼眶。

7 年前那个雪花飘落的夜晚，她在后海那间清冷的小屋里坐了 3 天，等肖峰回来。可等来的却是父亲急病去世的消息。

肖峰是她的恋人，一个美术学院的大学生。清瘦白净，看她时眼睛里像汪着一潭湖水。她被那潭水吸引走进了湖的深处，她深深地爱上了他。

他们的爱让小屋明亮温暖，他拥着她坐在炉火旁给他背高尔基的《海燕》，他的嘴唇亲吻着她的耳垂低语，我想要一只小海燕，我要和你生一只小海燕……

可他突然失踪了，听人说他是共产党，正被当局追捕。

她很想见他一面，告诉他一个他期待的消息。可他一直没回来，她不能再等了，她必须赶回家去给父亲奔丧。

她家住在城西二十里外的吴家庄。父亲是个教书先生，父亲很宠爱她，一个女孩家，父亲竟让她读到高中。父亲常说：女中毕业后，你要上大学，要像韩家的女儿们一样。

父亲的丧事是韩家堡的韩老爷派人帮着办的。办完丧事，她就嫁给了韩老爷做三房。没办法，父亲生前借了韩老爷的债，她还有母亲和两个弟弟要养，更重要的是她还有一个秘密要隐藏。

嫁入韩家后她就住进了这个大宅子西院的三进院。画画读书，很少走出那扇砖雕影壁。

韩老爷有钱，本想娶她开个洋荤。没承想，她冰冷呆板。新鲜劲一过，韩老爷便没了兴趣，把她当个青花瓷瓶扔在了小院。

青灯孤影早已磨去了她的光艳，但心底的那团火偶尔也会蹿出来，燃烧成画布上的一片火红，每当这时她就会千调百抹地把火红变成深紫，让自己沉浸到紫色的梦里遐想。

您没事吧？年轻人问。

啊，没事。

三姨太从游离中惊醒，把书放进抽屉，又从抽屉里翻找出一张如凤的照片递给年轻人，说：请你把这张照片交给肖峰，告诉他，这是他的小海燕。

年轻人没有回话，接过照片放进衣兜，他发现三姨太脸色绯红，眼眸迷蒙，像雕像一样望着窗外。

三姨太喃喃自语：我看到了，看到了蔚蓝的大海，看到了不久的将来有一只小海燕在大海上自由飞翔。

11年后的一个清晨，如凤从韩家大院走出，走向洒满阳光的西山。她提着的皮箱里有一本《简·爱》。

数月后，如凤在一次交战中身受重伤，昏死过去。醒来后，她发现自己躺在战地医院的床上，一位首长正俯身望着她。眼眸相撞的瞬间，他们热泪盈眶，一种神奇的力量让一对虽然从未谋面却早已嵌入彼此血肉的父女相认。

如凤走后的一个早晨，丫鬟敲不开三姨太的房门，忙叫人打开。三姨太死在床上。是老爷出于嫉妒毒死了她，还是被强人所害？成为一个永远的谜。

洗　手

曹婶站在青花瓷洗手盆前，望着镜中的纤细手指，无奈地笑笑："唉，一个月了，这双手让女主人折腾得好苦啊！"镜中仿佛闪出女主人漂亮的小脸："怎么？不服气吗？就知道你们这些北京人心高，心高有什么用？心高没钱，照样当用人！唉，你也真笨，洗个手还得反复教！"

女主人很高傲。住别墅，开豪车，出入会馆，和阔太太们出国购物打牌喝茶，是该骄傲啊！

骄傲的女主人生活讲究，穿衣服一定要大牌；喝咖啡一定要自己磨；洗衣服必须用手搓，然后再淘洗 6 遍；洗菜要先洗两遍，再泡 30 分钟，然后再洗 5 遍。

曹婶提醒女主人，泡 30 分钟，农药就会渗到菜的里面了。

女主人撇撇嘴："你懂什么？没知识！"

曹婶有时候感觉女主人太浅薄，浅薄得有些可笑。那次女主人端着刚煮的咖啡，冲曹婶显摆："这咖啡必须现煮现喝，透过袅袅的水雾，翻看过往，苦涩的生活就变成了另一番模样。"天呵！她那矫揉造作的模样差点让曹婶吐了。曹婶真想提醒她："喝咖啡时不能用小勺舀着喝，那小勺是搅拌咖啡用的。搅动完，要把小勺放在碟子上。"话到嘴边，又咽了回去。她不想扫了这个凄苦女孩的兴。

是的，在曹婶眼里，女主人挺凄苦的，她生在湖北的一个山村，靠自己的努力考上了大学，打工赚钱完成了学业。为了给妈妈治病和供两个弟弟上学，她当了二奶。这些都是女主人喝醉时对她说的。她一想起女主人瞪着血红的眼睛声嘶力竭地叫喊："我是二奶，二奶！连生孩子的权利都没有啊！"一切就烟消云散了，可昨天女主人真把曹婶气坏了。

昨天，曹婶在卫生间搞卫生，女主人走了进去，劈头就喊："怎么回事，我说了多少遍，洒84，洒84，你就是不听。这臭味，熏死人啦！"

曹婶说："洒了，我早晨洒过了！"

"早上洒了，就行吗？洒三遍，每天必须洒三遍！"

"84用多了有毒，会污染室内空气。"

"什么？84有毒？医院成天用84，我也没听说过毒！"

"那是医院，什么都得有个度，这么小的空间，84用到一定量，人体就会中毒。"

"什么？度！你知道什么是度啊？"女主人急了，一个用人也跟她讲什么"度"，臭显摆是吧？她指着曹婶的鼻子嚷道："你们这些下岗工人，穷了吧唧，还挺清高。不就是想显摆你是北京人吗？还有，你说这么小的空间。哼，这么豪华大气的卫生间，你见过几个？小？"女主人耸耸肩，一摊手，"这还算小，哼，没见识！"女主人一摔门走了。

走了也没解气，女主人转了一圈又回到卫生间，沉着脸说："过两天，就到月底了，月底我多给你点钱，你走吧！"

曹婶接过话："你不用多给我钱，付我一个月的工资就行了。"她正想走呢，她的手早就抗议了，她一辈子也没干过这么多活啊！

曹婶洗完手，对着镜子里的自己笑笑，扯下镜子旁边那张女主人专门贴上去的"洗手8项规则"，走出卫生间……

女主人站在二楼阳台上，看着曹婶远去的背影，竟有些失落，信步走到一楼的用人房，看到桌上放着那张"洗手8项规则"笑了。笑刚爬到嘴角又缩了回去，她看到了旁边的书："哼，用人还看书！"她拿起书翻看："啊，白冰，曹婶是女作家白冰？"

是的，作者照虽然年轻时尚，但那眉眼，那嘴角的笑是曹婶特有的，也是一直让女主人不舒服的。

书里夹着一张纸，纸上写道：你好，我是白冰，知道你在网上看我的长篇连载，很高兴。送你一本我早期的作品，希望你喜欢。不用奇怪，我的下一部小说，需要一些用人的素材，所以我来到了你家，谢谢你给我的一切！

女主人愣了，呆呆地站立着……

（本文发表于《精短小说》2016 年第 3 期）

门 当 户 对

叶子边墩地边叨唠女儿，你就晕吧！爱有什么用，没房没钱，将来有你哭的时候！我当初……

算，算，又来了，怨妇一个！女儿甩着酒红色长发，拎着包往门口走。

嗨……叶子冲着女儿两条白皙的长腿，张了张嘴把冲到嘴边的话又吞了回去。

女儿长得像老公，身材好，眉眼俊秀。

叶子和老公年轻时在一个车间上班。

那时她刚初中毕业，刚恢复工作的爸托老战友把她安排进了工厂。那时三个同父异母的哥哥在外面插队，她一个人跑里跑外地照顾住院的爸。因为寂寞无助，因为老公当时的帅气俊朗，她才投入老公的怀抱。

那时老公是欢快明亮的，她也很快乐。爸说：工人家庭出身的孩子朴实，能吃苦。

叶子常跟女儿叨唠，不能找出身低微的人。你看你爸，没教养，不上进，混了一辈子才混成个班长。班长还没当几天，就下岗，待业，最后买断工龄，仨瓜俩枣地打发了。混到老，没房，住丈母娘家；没工作，开个破车在学校门口趴黑活，连我出门都绕着走。

女儿翻眼噘嘴：找什么样的？找富二代？

叶子说：那倒不必，最少也要门当户对。像我们家，你舅舅们，刚恢复高考就上了名牌大学，做学问的做学问，出国的出国，娶的媳妇都是高干子女。就说我吧，好赖也在大学里混饭吃。

女儿反击：你还不是我姥爷给调到大学的。你老说我爸灰头土脸的没人样，我爸还不是你给挤兑的。

每到这时，叶子就没话了。

是啊，老公的怂头耷脑，兴许和她的成天叨唠吵闹有关。但她就是控制不住自己，一想起自己这一辈子就来气。她要是嫁个高干子弟或嫁个高知家庭出身的男的，也会像儿时的伙伴们一样在美国或英国或加拿大定居了。

叶子咬牙跺脚地告诫女儿，选择男人一定要冷静，要像姥姥学。

叶子望了一眼书房，书房的门敞开着，妈正背对着她坐在书桌前。

叶子知道，妈在翻看那本相册。自从爸去世，13 年来妈每天都要翻看那本相册。妈看相册，主要是看那 4 枚印着兰草图案的邮票。

妈看邮票时眼神迷离，闪着泪光，手在邮票上反复摩挲。

叶子想，那几枚邮票一定是爸送给妈的定情物。妈是在想爸呢。

叶子很羡慕爸和妈的婚姻，妈嫁爸时，20 岁，刚从医专毕业分到校医务室工作。爸 34 岁，是学校的党委书记兼校长，行政 12 级；妻子在抗美援朝战场牺牲了，留下 3 个儿子。

妈和爸一辈子没红过脸，爸很爱妈，因为妈姓叶，所以爸给她起名叫叶子；妈也很爱爸，虽然妈很少笑，但从未跟爸争执过，不像她和老公动不动就吵。

叶子总想起小时候，那时候她是这所大学里的公主，住大房子，坐轿车，妈领着她走在校园里，谁见着都要摸摸她的脸蛋夸上几句。

妈这一辈子很风光，退休前是这所大学的副校长。

叶子站到妈身旁时，妈正在看那四枚邮票。妈没抬头，问：你知道这邮票是谁送的吗？

叶子笑着：知道，爸呗。

妈抬起头，眼睛明亮：不对，是你卓叔。

叶子惊讶：卓叔？王阿姨的老公？

妈看向窗外：是的，我和你卓叔是同学。他爱好集邮，那天傍晚，他把我约到翠微湖畔，送给了我这 4 枚邮票。他说我就像这邮票上的兰草，淡雅脱俗。邮票 4 枚一套，他买了两套，一套送我，一套他留。那晚……没过几天，副书记代表组织找我谈话，要我嫁给你爸。

叶子问：你就答应了？

妈答：我出身不好，能不答应吗？唉，那个年代啊！妈的眼睛湿了：我现在总想，要是不嫁给你爸会是什么样子呢？和你卓叔结婚，为吃住奔忙，打打闹闹一辈子。唉，能打闹也是一种幸福啊！

叶子感到一阵冰凉，彻骨得凉。

如　凤

　　如凤的名字是妈起的，又不完全是。

　　妈想让她叫如凤，按家谱的续载，她和姐姐们都是"如"字辈。妈想让她像风一样，自由自在地飞翔。

　　爸不同意。爸端着尺长的烟袋说：一个女孩家，名字应该像她的姐姐们，如玉啊如萍啊什么的，温婉贤淑，透着贵气。

　　要不，就用"凤"吧，字的模样像风。

　　爸拗不过妈，他当初娶妈，多半是因为妈是个洋学生。

　　当初妈在京城女中读书，姥爷是宛平高小的教书先生。一天傍晚，姥爷突然腹痛，家人急忙去请郎中。载着郎中的毛驴车刚驶到门口，门内已哭声一片。人死了，债不能赖。妈为替姥爷还债嫁给爸做了三房。

　　爸比妈大 12 岁，干瘦阴郁，满口黄牙，细长的影子在东院西院间游荡。

　　妈出嫁时的情景和她心里的感受，如凤从没听妈说过。妈住在西院里的三进院，读书画画，很少走过那扇砖雕花墙影壁。妈的床下面藏着一只皮箱，皮箱的铆钉长满绿锈，褐黄的皮革像风干的煎饼；妈的枕边放着一本翻毛了边的《简·爱》。如凤感觉，皮箱和书勾着妈的魂，那里面一定藏着一段凄婉的故事，但她从不敢问。

爸很少去妈那儿，爸总黏在二妈屋里，二妈是爸在戏楼里收的一个烟花女子，柳眉蜂腰很有风韵。

如凤昨早接到爸派人送的信，说是妈病重，让她速回。她从学校赶回家，进了家才知道，爸是要她和李家二少爷完婚。

李家是开煤厂的，在京城还开着两家当铺一家茶庄。李家和他们家是世交，在她 3 岁时，李家老爷和爸就给她们定了娃娃亲。

如凤并不特别讨厌李家二少爷，只是对娃娃亲特反感。她想像三姐一样自己选择男人，谈一场刻骨铭心的恋爱。一想起三姐她就想起那个夏天，那个夏天是这个大宅子里最明亮最温暖的一段时光。

那个夏天她才 10 岁，二哥带着两个大学同学来家度暑假。一个穿着中山装，清瘦儒雅；一个穿一身白西服，白净俊朗。俩人都充满激情，都喜欢在燕京大学读书的三姐。

三姐喜欢白西服，要跟他去美国读书。如凤喜欢中山装，她看到中山装眼里的失望，心都快碎了，她脱口而出，大哥哥我爱你。周围的人哄堂大笑，二哥点了点她的脑门，笑道：小丫头，你知道什么是爱？三姐倚着白西服笑，嗨，还别说，凤儿还真是个美人坯子。中山装也笑了，笑着揽过她，说道：凤儿，你要快快长，长大了到西山去找我。

中山装去了西山，二哥说，他是提着脑袋干革命去了。如凤不懂什么叫革命，她就知道中山装身上好像有一团火，那团火能让她冰凉的心热起来，血变得沸腾，帮她冲出这幢宅子。

她不喜欢这个宅子。妈从来不笑，眼睛像蒙了一层雾，看她的时候偶尔会闪现光亮，亮得吓人；爸也不爱理她，二妈生的弟弟比她小半岁，爸只顾宠爱弟弟。

妈只生了她一个孩子，她6岁以前很少走出那个孤寂的小院，她和墙脚的花草、缸里的金鱼、树枝上的小鸟说话。她经常扒着月亮门看二妈院里的孩子们玩耍。她觉得自己不属于这所宅子，她常望着蓝天幻想，有一天她会长出一对翅膀来，飞到外面去。

西窗下那棵海棠树依旧枝繁叶茂，当年树下那群嬉笑的身影已经远去。如凤从窗边走到床前，划拉起摊在床上的衣裙，塞进皮箱里。

如凤推开妈房门时，妈正倚在床头看书。看到如凤进来，妈从床上坐起，盯着如凤问：想好了？

如凤坐到床边，拿过妈手中的《简·爱》翻弄着，没回话。

妈说：这本书送你。你要是碰到书的主人，他会认你的。说罢，妈翻身下床，从皮箱里取出一个玉镯戴到如凤的腕上。妈的泪一滴滴落下，打到玉镯上，渗进碧玉和肌肤相扣的缝隙。

如凤泪水扑簌簌往下掉，哽咽道：您知道我要走？

妈眼里闪着亮光：知道。

如凤说：以后我会回来，把您接走。

妈笑道：不用，我和你不一样。我属于这里。你属于外面的天空。

如凤提着皮箱向西山走去，远处连绵起伏的群山笼罩在烟雾里。轻纱似的薄雾后面一片火红的霞光越来越亮。

（本文发表于《燕赵文学》2016 年第 2—3 期）

回　家

芷兰推开那扇门的瞬间，竟有了幻觉，妈妈在弹奏钢琴，琴声悠悠，像在诉说……妈妈向她走来，满头银发，笑容依然……

幻觉只是瞬间，那架钢琴还在，却没有妈妈。芷兰把行李拖进门，顾不得关门，就冲到窗前，拉帘推窗。推开窗户的那一刻，泪水夺眶而出。

窗外，白杨树的叶子已经发黄，残余的绿色早没了鲜亮。上次看见它已经是三年前了，三年前妈妈去世，芷兰从国外赶回来送妈妈去天堂。今天她回来祭奠妈妈去世三周年，她记得妈妈说过，"我们家过三，不过二"。

芷兰的记忆里，妈妈总是笑，总是哼着歌。小时候，妈妈领着她和哥哥去学院食堂打饭的路上哼歌；洗衣做饭的时候也哼歌。上海富家小姐出身的妈妈却不会矜持，更不做作，性情直、真、随意。

在这点上，芷兰像极了妈妈。用丈夫的话讲："没心没肺，不会撒娇，不会装。"这种性格倒帮了芷兰，她的不做作、不算计，让她少了很多烦恼，交了很多朋友。

特别是对音乐的喜爱上，妈妈的遗传越发明显。芷兰爱唱歌，不管是什么歌，她只要听过一遍，就能轻快地哼唱。在这一点上，芷兰的女儿更是如此。

"基因这个东西多么奇怪呀！它竟把爱好也嵌进了皮肉，融进了血脉！"每当女儿弹钢琴，陶醉在"水边的阿狄丽娜"时，芷兰就会想起妈妈。

哥嫂一家很早就移民美国了。十几年前芷兰移民加拿大时就劝妈妈和她一起走，可妈妈说："我不去，我要在这里陪伴你躺在西山脚下的爸爸和我的亲人。"

说起亲人，妈妈在国内只有二姨（妈妈的二姐）一家人。上海解放前夕，妈妈的父母和姐妹兄弟都去了国外，只有妈妈和二姨没有走，她们怀着对新中国的期望从快要启程的船上逃了下来。后来，妈妈虽然饱受磨难，但她始终无怨无悔。不管多难，笑和歌声从未离开过这个家。

3 年前的今天，芷兰把妈妈也送到了西山脚下那块冰凉的大理石下面。明天，芷兰要去那里祭拜他们。想必那里已是秋风瑟瑟，落叶纷飞了吧！

芷兰侧头望一眼窗外的白杨树，小时候自己总是爬着窗户看它的脑袋，后来它的脑袋就长到和窗台一样高了，现在芷兰只能看到它枝繁叶茂的腰部了。

去年丈夫就劝芷兰卖了这套房子，但芷兰舍不得卖，她舍不得这里潮腻、酸甜的气味。

芷兰回过头，环顾四周。妈妈的笑和歌声从房间的每个角落飞出，包裹了她。一股热流从心底涌起，她感觉另一个鲜活的自己从躯体里分离，飞跑着，拥抱房间的一切，泪水在脸上肆意地奔流，一个熟悉的声音——"妈妈"从她的喉咙冒出。

此刻，一个决定让芷兰战栗。她要回来，回到这个熔铸了无数温暖和爱的地方。

（本文发表于《甘肃经济日报》副刊　2016 年 3 月 26 日）

窗里的女人

轩站在阳台上浇花，心却挂到了对面楼的那扇窗上。

轩和那扇窗里的女人并不熟，但却为她牵肠挂肚。

两个月前女儿考上大学到外地读书去了，19 年前的那件事就钻出来总在他眼前晃悠。

那是一个雨夜，轩在办公室忙一项设计，保姆来电话，说他半岁的女儿发高烧，吃了药也不管用。

他说：你用湿毛巾给她降温。

保姆说：用了，不行，娃儿都抽风了！

他忙说：赶紧抱她去南区医院，我马上就到！

保姆说：嗯呐，你快着，俺怕得要命！

他挂了电话，跑下楼，开上车就往医院赶。车窗前的雨雾中妻子和女儿的脸交替浮现，一会是妻子难产时痛苦扭曲的脸，一会是女儿哇哇啼哭的脸。他的爱妻已经死于难产，他不能再失去女儿。

突然，车窗前闪出一双惊恐的眼睛，他猛踩刹车……已经晚了，白纱裙飘落在雨雾中……

他当时已经停下车，想把伤者送到医院，但当他手碰到车门的一刹那，又缩了回来，他眼看着那个姑娘在血泊中呻吟，却逃跑了。

那件事后，悔恨折磨得他几乎无法活下去。因为女儿，因为女儿没了妈妈，不能再没有爸爸！他用这个理由支撑着，把那件事藏在心底，一直不敢触碰。

女儿上大学走了，家变得空寂而冰凉，那件事又钻了出来，他快疯了。

那是一个清晨，他站在阳台上，想一纵身跳下去。一抬头，他看见了那扇窗，窗里的女人正在浇花，晨光中她的脸安详、平和。像上天派下来拯救他的天使，使他瞬间平静下来。

第二天他早早起床，站在阳台上，等那女人出现。

第三天他买了许多花放到阳台上，借着给花浇水的机会，看那窗里的女人。他发现那个女人很美，雪白的肌肤、纤细的脖颈、修长圆润的手臂。他想她的腿一定也很美，跟手臂一样修长圆润。

后来那个女人看到了他，对他微微一笑，继续浇花。

他忙说：你好！

女人回：你好！

以后的日子他们都这样，微笑、问好，没有更多的交流。他感到自己变了，不再焦躁，心中充满了喜悦。他常想她，想她是一个怎样的人，有过怎样的故事。想着，他的脸上就泛出光彩来。

今天那个女人始终没有出现，轩心神不定，他要去她家看看。

门打开的那一刻，轩惊呆了。眼前的女人太美了，像从画上走下来一样！女人穿一条白色拖地长裙，微笑着问他：你好，你有事吗？

轩答：啊，我今天没见你浇花！

女人说：谢谢，我忙着翻译一篇稿子，忘了浇花。请进，进来喝杯茶吧！

轩像木偶一样随着女人走到客厅。

女人去沏茶，轩去看墙上的照片。天哪，照片上那个穿着白色纱裙的女孩就是19年前他撞倒的那个女孩，尽管那双眼睛在笑，他也不会认错。

女人端着玻璃茶壶走向轩：那是我24岁时照的。两个月后我遭遇车祸，失去了双腿。

轩像触电一般，猛地转身，胳膊碰到女人端着的茶壶。"啪嚓"随着清脆的破碎声，女人应声倒地。琥珀色的液体迸溅在白纱裙上，裙摆下一双金属假肢闪着冷冽的光亮。

轩战栗着想扶女人起来，却跪在了她身边，问：你恨他吗？

女人问：谁？

轩答：司机。

女人说：恨，当时恨得要死。我那时正准备结婚，因为车祸，未婚夫离开了我；我还失去了工作。女人停顿了一下继续说：后来就不恨了，人不能在悔恨中过一辈子。我想，那个司机一定有他的不得已，一定有我想不到的难处……女人的声音平静而柔和，像妈妈的摇篮曲。

轩热泪盈眶，颤抖着扶起女人。

（本文发表于《神州》2016 年第 8 期下）

流　言

那天早上，冰凉的风打着旋，刮过每一个角落，她被风裹挟到主楼后的草坪。

草坪上围满了人，靠近楼的地方，拉上了警戒线。安保部的几个人在外面守着，几个警察在里面忙活。

她被人们挤到最前面，她看到了躺在地上浑身是血的潘副总，顿时，她脸色煞白，浑身战栗，眼前一黑，大叫一声"妈呀"昏厥倒地……

瞬间，人群开始骚动，有抢救的，有猜测的，有奔走相告的。

"老潘从 18 层平台掉下，摔死了……肯定是那个妖精干的，那个妖精！唉……"

"嗨，他俩早就有一腿，看看……争风吃醋，闹出人命来了吧！"

"嘿，你没看见刚才她那副德行，啧啧，臊死人喽！"

潘副总的尸体被蒙上白单子，抬上车，拉走。警察继续调查……

她走出医务室大门，发现人们看她的眼光怪怪的，中午到职工食堂吃饭的时候，有些熟人看到她也马上侧转头和旁边的人窃窃私语。

下午，她被请到安保部，办案警察对她进行了询问。

警察问：你和潘副总很熟？

她答：对，他是我的主管副总。

警察问：你没发现他最近有什么异常吗？

她答：没有。

警察问：你今天早上晕厥是怎么回事？

她答：我有晕血症。

随后警察又问了一些问题，就让她离开了。

走出安保部，她感觉空气像冰冻般寒冷，人们看她的眼神像X光，深入骨髓。她甚至听到谩骂声，感到唾沫星子飞溅。

她恬静优雅、敏感、内向，从小就害怕和人交往，特别是和女人。她在这方面很自卑，面对烦杂的是非和翻云覆雨的舌头，她总是不知所措。所以她远离人群，埋头业务，也因此得到了领导的信任和重用。这样别人就认为她清高自傲，看不起人；特别是那些女人觉察到了她和她们的不一样；感到男人们看她的眼神和看她们的不一样。她们不准许这种不一样，不准许她的清高，她们要寻找机会让她威风扫地。现在机会来了，她们岂能错过？

她听不到那些议论，但她是聪明而敏感的，她感觉到了刀子似的眼光，猜到了议论的内容。因为她以前听到过她们诽谤别人，那些诽谤曾让她不寒而栗。她想：我要向她们解释，我有晕血症，我和潘副总是清白的。

于是她就分别去找平时还聊得来的女同事解释。那几个同事笑着安慰她，让她别往心里去，别听那些不堪入耳的议论。

结果她更烦了，晚上，她躺在床上反复琢磨那几个同事含含糊糊透露给她的议论。心里像堵了块石头，难受得想死。

可事情还没完，她感到阴云密布，一场疾风暴雨将要来临……

果不其然，那些议论传到了潘副总老婆的耳朵，潘副总老婆找到单位，把她堵在办公室，骂她狐狸精，骂她犯贱勾引潘总。

她惊慌地望着那张扭曲的脸，解释：我没有，我和他是清白的。

"清白个屁！"潘副总老婆一巴掌抽来，她的脸上瞬间变得红白相间。她忙捂脸左右观看，满屋子的笑脸，让她犯晕。她痛苦地跌坐在椅子上，喃喃地：我没有，我没有，我说的是真话！

"你没有，你天生就是个贱货，你在前一个单位就和上司勾勾搭搭，滚到了一张床上……闹出事来，才跑到这里……"

她仿佛看到了毒蛇吐芯子，惊恐万分，惶恐地指着潘副总老婆：你……你……她"你"了半天说不出话来。

就因为她没说出话来，那场闹剧过后，议论又开始升级：唉，潘副总老婆说的话是真的。要不她怎么不反驳啊？怎么不抽潘副总老婆呢？啧啧，看样子，她还真是个狐狸精，那些事都是真的。

随即一股八卦旋风在人们的茶余饭后刮过，人们像讲述电视剧一样，津津乐道地讲述着插上了想象的翅膀、在各色舌头上滚过的趣闻。

不久，她疯了，是在一口不明来历的痰吐到她身上以后疯的。她追逐着人们不停地诉说，我没有，没有，没有……

她疯了，那些议论就更像真的了！

（本文发表于《神州》2016 年第 4 期下，《北京精短文学》2016 年第 5 期）

原来如此

他要是不回去找手机，他就不会那么难受，那么……

下午 5 点，他接到交警打来的电话。交警在询问了一些情况后，让他立即开车去交通队事故科三室一趟。

他诚惶诚恐地赶到交通队三楼的事故科三室，找到了那个交警……

交警说：你前天上午 9 点在家门口把一个小奥拓车撞了。你真可以啊，撞了车一声不吭就跑。车主是个女的，上我们这来了三次，不依不饶的。

他说：没有啊，如果我撞了，怎么也不会走啊！

交警说：人家从你们小区的监控室看了录像，你倒车时车屁股撞了小奥拓的车门。你不是开车来了吗？她的车也开来了。走，一块下去对对。

他跟着交警走到楼下。交警叫他把车开到小奥拓旁边，围着两辆车，转了两圈，指着小奥拓的车门对他说：你看这里的擦痕和你车的擦痕正好吻合，百分之九十九断定是你车撞了人家。

他是个老实人，从没跟警察打过交道。一听交警说他撞了，他赶忙认错。连声说：对不起，对不起，是我的错。

交警说：你跟我说"对不起"没用。你这属于肇事逃逸，要是让我们解决，要拘留 15 天，吊销驾驶执照……

拘留 15 天？天哪！那档案上岂不有污点了，他这辈子也没进过派出所啊！他把头摇成了拨浪鼓：不不，我不能拘留！

交警笑着：那你就和小奥拓车主协议解决，和她商量商量赔她点钱算了。

他说：好！

交警把他领到旁边的屋子，把他介绍给一脸怒气的女车主，然后离去。

他向女车主道歉，问能否赔点钱了事。

女车主说：可以，你给我一万。

他说：一万？一万太多了，你这个车也就值两千。

女车主怒了：你别管我车值多少钱。我就要一万！你不给一万，我就告你肇事逃逸！

他明白了，这个女人是想讹他。

他找到交警求救。交警说：唉，没办法，现在这种人多了！有的，往你车前一躺，你碰了他一点，他就跟你要 10 万，你没办法。

他问：那，我怎么办？我实在拿不出一万啊！

交警说：唉，我帮你和她说说吧！你先出去，我找她聊聊。

交警把女车主叫进屋聊了一会儿。

女车主出来后，交警又把他叫了进去，说：这个女人，不好惹啊！我劝了半天，她才松口。你再和她说点好话，让她少要点。

他就又和女车主道歉、诉苦、喊穷……直到天黑时，他才和女车主达成协议，给了她7000元，了事。

完了事，他已经筋疲力尽，头疼得要命。但他还是忍着头痛，向交警千恩万谢地道了谢，才离去。

走在漆黑的楼梯上，他想：多亏了人家交警，要不是人家交警帮忙，我就得被拘留15天；不拘留15天也得赔一万。是人家交警，让我省了3000元，这3000元可以换一个好手机了！手机？他赶紧去摸兜，浑身上下摸了个遍，也没摸到手机。他转身往楼上走，他想起来了，手机好像放在那屋的窗台上了。

上到三楼，他突然放慢了脚步，因为他看到第三室的门半掩着，里面传出说话声。那个女车主还没走？他蹑手蹑脚地走到一个最好的观察点，他看到女车主递给交警一叠钱。

那个交警迅速地把钱装进兜里。

他惊呆了，心里堵得难受……

（本文发表于《四川人文》2016年第2期）

那一抹高原红

列车，在青藏高原上奔跑。雪山、牦牛、湖水，跳跃着扑向车窗。

嘿，错那湖！这是世界上海拔最高的淡水湖，是……兴奋的火苗在我头顶跳跃，火箭筒开始喷射。

看到老公脸上弥漫起雾霭，我顿感有些失态，忙环顾四周，发现窗边站着两个藏族姑娘，正朝着我笑。

其中一个有着高原红的姑娘见我看她，便慌张地转头，把脸贴近另一个姑娘的耳朵，嘀咕了一句，就紧抱着那个姑娘。我顿感那笑容有些奇怪，好像在嘲笑我，就毫不客气地直视她们。

面对着我的这位姑娘，微笑着开口：阿姨，你到拉萨？

嗯，去旅游。

我们也去拉萨，是去朝拜。

她是你什么人啊？

她是我姐姐，她没上过学，不懂汉文。妹妹看出了我的疑问，急忙解释。

啊！我明白了。那个姐姐是没见过世面，面对生人有些胆怯和害羞，不是在嘲笑我。

善良的本性，让我不忍心再问，姐姐是不懂汉字，还是连汉话也听不懂。反正她始终没说一句话，只是不停地回过头冲我笑一下，又赶紧扭过脸去。那笑是那么羞涩，像一只刚闯入闹市的小鹿。趁机我便和妹妹交流了起来。

你多大了，还上学吗？

我 19 岁，在沈阳上高三。

那你就要考大学了。

是的，再过几个月，我就轻松了。

今年想考个什么样的学校？

当然考名校。我们上届的同学基本都考上重点大学了。阿姨，你知道吗？只有学习最好的学生，才会被挑选到内地上学的。她坚定的语气中透露出一丝骄傲，眼里闪烁着光彩。

我不由得把目光移向了姐姐。在我和妹妹交谈时，她不时地偷看我。她的头总是躲藏在妹妹脑后，手始终紧紧地拽着妹妹。妹妹也始终搂着她的腰。

妹妹看我凝视着姐姐，赶紧搭话：我姐姐，很漂亮吧？

说实话，姐姐的确比妹妹漂亮，特别是那双乌溜溜的眼睛，但姐姐粗黑的皮肤和拘谨的举止与妹妹相比简直是来自两个世界的女孩。我含糊地答道：是的，你姐姐有高原红，你没有。

我以前也有，到沈阳后就慢慢没了。

姐姐很依赖你呀？

是的，等我工作了，我就把她接过去。

我几次想问，却始终没问，姐姐为什么没有读书。在以后几天的行程中，姐姐看妹妹时那种羡慕、崇拜、依赖的神情始终缠绕着我。

真是无巧不成书，10 天后，我在回京的列车上又奇迹般地遇到了那个妹妹。她是返校的。我们很愉快地交谈起来，我终于问出了那句话：你姐姐为什么没有上学啊？

女孩白皙的脸上爬上了阴云，晶莹的眸子变得朦胧，她讲道："我家住得很偏僻，上学要爬几座山，所以我们那里上学都住校。7 岁那年，爸爸决定让我和 8 岁的姐姐去上学，可妈妈突然得了重病。晚上，全家四口围坐在一起商量，我和姐姐只能去一人读书，另一个人要留在家里……妈妈望着只顾闷头抽烟的爸爸说：'她阿加你就做主吧！'爸爸抬起头看着姐姐说：'让尚姆（藏语：妹妹）去吧！'姐姐马上点头：'行，就让尚姆去，我留下来照顾妈妈……'就那么两句话，就改变了姐姐的命运。她现在连汉话都听不懂！"

女孩的最后一句话是哭出来的。我望着把脸转向车窗外的女孩，眼睛湿了，心也湿了。

沉默了很久，女孩又开口："其实，我和姐姐没有血缘关系。我的父母是在一次雪崩中去世的，我是被姐姐的父母收养的，我……"

（本文发表于《三门峡日报》第 65 期）

人啊人

从一楼到四楼只有 51 级台阶，她却数了一夜。

夜深人静时，她从徘徊了几个小时的河边往家走，边走边流泪。她实在不愿意回这个家啊！

她一个月前才从三百多里外的农村来。孙子已经出生 5 个月了，她想得要命，一直嚷嚷着来，儿子就是不让。她想："唉，儿子是怕我人生地不熟的，到大城市迷了路啊！哼，你妈还没那么老糊涂，我不仅能去，还能给你们带孩子！"结果她就不打招呼，坐上火车来了。

那天开门的是儿媳："嘿，您怎么来了？"儿媳大睁着眼睛堵在门口犯愣。

"嘿嘿，俺坐上火车就来了，没告诉你们，是怕你们着急。"她很得意，边说边往儿媳手里送那些大包小包，"给，这是俺给你们带的。"

"喂，喂，放这，放这里！"儿媳没接，指着玄关里的角落，让她放完东西，又让她换鞋，换衣服，然后才让她进屋抱孙子。

她是聪明人，丈夫 20 年前就走了，她一个人把儿子带大，培养成研究生。人眼高低，她看得出来，顿时，她心里疙瘩吧唧的。

一见到孙子疙瘩全化了。那粉白的小脸，让她一辈子的辛酸苦辣全化成了欢乐的泪水。"吧"，她照着那小脸亲了一口，"哎哟，大孙子，奶奶可想死你了！"

"嗨，你……"儿媳抢过孙子，一脸夸张的表情，"你怎么能这样，会把细菌传染给孩子的！"

"细菌，我身上全是细菌？"话到嘴边，她硬咽了回去，她能忍，她这辈子忍过的事多了！今天为了孙子，她还能忍。

她不仅忍儿媳，也忍儿子。那天，儿子和儿媳上街买菜，让她照看熟睡的孙子，她高兴得不得了。孙子醒了，她抱着孙子玩，看到孙子露在外面的屁股，她着急了，"这大冬天的，不着凉啊！"她给孙子围上了花布棉屁帘，那是她亲手做的，她还做了小被子、褥子、棉裤、棉袄。"哼，这么好的东西，差点让儿媳当垃圾扔喽！"

儿子儿媳回来了，儿媳盯着孙子屁股后面的屁帘，转着圈地看，像看非洲来的野人。

她知道儿媳是故意寒碜她，她不生气，她不跟她一般见识。可儿子冲着她喊：你这是干吗呀！把孩子打扮得跟老农似的。你成心给我现眼啊？

她心里气啊！"老农！老农怎么了？你是老农生、老农养的！

我给你现眼，我怎么就给你现眼了？我是偷了？抢了？"话到嘴边她硬咽回去了。儿子是她养的，儿子一直很听话很孝顺呢，现在儿子难啊！儿子是让媳妇逼的！

狂风呜呜地号叫着从楼门口灌进来，打着旋在楼道里撒花。这是一栋老旧楼房，楼道里破旧不堪，是儿子结婚时买的二手房。当时她是想把老家那套院子卖了，卖的钱给儿子添上买套新房。可折腾了半天就是没卖出去！为此她一直觉得对不住儿子，让儿子在儿媳一家人面前抬不起头来。

"唉，都怪我穷啊！"她叹着气，一个台阶一个台阶地往上迈。为把儿子供到研究生，她捡过垃圾，做过保姆。那时候儿子可没嫌过她现眼啊。

她仰头望望，头顶，冰凉的水泥楼梯昏暗悠长，没有一个人影，心，一阵凄凉。"哎，他们就那么放心？就睡得着？我出来一晚上了，就不想出来找找？"

晚上，吃着半截饭，孙子突然哭闹，她从儿媳手里接过孙子，说："我吃饱了，你们慢慢吃。"

她拿起奶瓶想给孙子喂水，她怕水热烫到孙子，就把奶瓶往自己嘴里送。

"喂？你干吗？你干吗啊？"儿媳用筷子指着她问。

"我想试试烫不烫。"她解释。

"有那么试的吗？你知道你的嘴有多脏吗？你……"儿媳不依不饶。

"算了，别说了。"儿子去夺儿媳手中的筷子。

"算了？我说了多少遍了，她还那样！孩子病了怎么办？"儿媳把筷子摔到地上。

"妈，你也是的，你怎么那么愚昧啊！"

"我愚昧？"她把哭叫的孙子塞给儿子，捂着脸，跑了出来……

天快亮的时候，她爬到了三楼，站在家门外，手伸了几次都缩了回来。她不敢敲门，她茫然地站着……

"咔嚓"门开了，儿子、儿媳笑着站在她面前。

儿媳说，妈你上哪了？快把我们急死了！

儿子说，是啊，我正要找您去啊！

她迷迷糊糊被拽到屋里，她对儿子儿媳的格外殷勤迷惑不解，她心里问：这太阳从西面出来啦？

太阳没从西面出来，是刚才的早新闻报道，他们村附近要盖飞机场，她住的那个村子要拆迁了。

(本文发表于《河北小小说》2016 年第 2 期)

为了玲儿

李海和鲁璐办完离婚手续，走出民政局大门，长长地舒了口气。他瞥了一眼那充满怨恨的背影，扭头朝右面的林荫道走去。

李海边走边拨打电话：喂，冰冰，办完了！

韩冰嘴角爬上一抹微笑问：离了？

离了，我刚从民政局出来。

嘿，你老婆，特痛苦吧？

唉，你别管了，反正离了！这两个月的离婚大战让李海焦头烂额的同时又如释重负，但一想到鲁璐泪流满面的样子，想到女儿惊恐的眼神，他还是有些内疚。

冰冰，我们今晚庆祝一下。李海想今晚就住进韩冰的公寓。

好啊，晚上一块吃饭，下午 6 点我给你打电话！韩冰挂了电话。

太阳爬到头顶时李海回到公司，他吃了点饭，倒在沙发上休息。恍惚中他看到玲儿朝他走来，怀里抱着个孩子，那孩子满脸是血，踢抓着，喊爸爸，李海惊出一身冷汗。他仔细追忆，记得二姐说，玲儿流产时大出血，差点死了。胎儿已经成形，是个男孩。他有些后悔，我不该在那个夏天回老家啊，害得玲儿嫁了个赌徒。玲儿是真爱他啊！他只写了封信，玲儿就听了。

李海很快就忘了那个梦，他没理由沉溺在内疚中，他当初抛弃了真爱，攀上了高枝，是为了光宗耀祖，今天他又碰到了更高的枝头，他要义无反顾。

李海一下午总是看表，时针还没走到 6 点，他就开始着急。6 点 10 分韩冰还没来电话，他坐不住了，屁股下面像烧着一盆炭火。他抓起桌上的电话，拨打起来，韩冰不接。过了一会他又打，还不接。嘿，这小姑奶奶，犯什么毛病？怎么不接电话？不会出车祸吧？想着，李海笑了，怎么会呢？我还不至于那么倒霉吧！高枝只摇曳了一下，就夭折了？

李海起身在屋里踱步，墙上的镜子闪出身影，他停下脚步，仔细观看，眼皮有些浮肿，下眼皮有很明显的眼袋。鬓角也有了白发，他揪着那几根白发，狐疑，这是我吗？

一股凄凉袭来，李海突然感到自己老了。他立即掏出手机反复拨打韩冰电话，一直关机。

李海急了，怎么回事？难道是她成心关机？成心？这种疑问一闪，一片汗珠钻出脑门，不行，不能等了，我必须马上见她。

下楼，上车，踩动油门。正是晚高峰时段，路上堵得要命，李海足足用了两个小时才站到韩冰家门外。他用力地按门铃，喊着：冰冰，冰冰开门！旁边的门开了，一个脑袋伸出来：别喊了，她不在家！

你，知道……李海话没问完，那个脑袋就缩了回去。他咬牙切齿地向那扇门挥挥拳头，就往楼下跑。

李海站到楼下，仰着脖筋望韩冰家的窗户，那漆黑的窗口让李海无奈地摇摇头。他掏出烟，靠着树吸了起来。

透过袅袅的烟雾，李海回想着和韩冰相识的过程。那是一个酒会，一个朋友引领一位娇美时尚的女人向他介绍：韩冰，韩局长侄女，K公司老板。后来他们就好上了，他不仅享受着美人，还拥有了她的人脉。一次云雨之欢后韩冰撒着娇让他娶她，并许诺给他的小公司注入大笔资金。

那一刻，李海心动了，他看到了私家游艇，看到了福布斯全球富豪榜，他答应韩冰，和鲁璐离婚然后娶她。但鲁璐不是玲儿，鲁璐差点把他弄死。幸亏老丈人死了，要是当科长的老丈人还活着，他死定了。唉，为了韩冰，我付出得太多了！

李海想着仰起了头，那窗口亮了，闪着诱惑的粉红。他把半截烟扔到地上，用脚碾灭，向楼上奔去。

李海喘着粗气边按门铃边喊：冰冰，开门。冰冰，开门啊！

"嘎吱"门开了，韩冰穿着睡衣站在面前：喊，喊什么？

病了？李海伸手摸韩冰的头。

别碰我！韩冰打掉他的手。

怎么了？李海愣了一下，往屋里挤。

韩冰挡在那儿，瞪着李海。

冰冰，怎么了？进去说！李海一把搂过韩冰，反手把门撞上，拽着她往门里走。

你？客厅里站着的赤裸男人把李海吓了一跳。

你好，我是冰冰的男朋友，周杰。那个男人笑着走过去，搂住韩冰。

什么？你是韩冰的男朋友？李海瞪圆了眼，看向韩冰：你说，这是怎么回事？

韩冰点头：对，我的男朋友，经济学博士，银行高管周杰。韩冰笑着介绍，那笑充满了嘲弄和鄙视。

混蛋！你，跟我走！李海拽过韩冰就往门口走。

干吗？拽我干吗？韩冰甩开李海的手。

干吗？我拽你出去，问问清楚！

不用出去，就在这问。

好，你说，到底是怎么回事？你跟我，跟他？李海瞪着血红的眼睛指着自己又指指周杰。

我跟周杰是真爱！至于你吗？这么说吧，我恨你，我在报仇！韩冰盯着李海：嗯，懂吗？她挑衅地扬扬下巴。

你恨我？报仇？为什么？李海声嘶力竭地喊：报仇？哼，荒唐！

为什么？为了我表姐玲儿！为了她悲惨的一生！韩冰冷笑，指着李海：我要让你妻离子散！我要让你也尝尝被人抛弃的滋味！

我……李海"我"了半天，没说出下文，摔门离去。

屋内，韩冰掏出一叠钱，递给周杰：你演得不错，可以走了！

（本文发表于《河北小小说》2016 年第 2 期）

梦醒时分

入夏以后，诗人墨野开始烦躁。进入梅雨天后，烦躁就越发强烈了，像蒸腾的闷热霉湿的空气，黏腻着他思想的翅膀，沉重得无法翱翔。

墨野 37 岁，至今单身。墨野没有女人，是因为他想要诗一样的女人。

墨野期盼着下周，下周作协组织去草原采风。墨野一想到蓝天白云下的草原，就有凉爽和轻快的感觉：让我的灵魂在草原的风中放飞吧！

到了草原，住进了湖边的欧式酒店，墨野有些扫兴：应该住帐篷的，或者小木屋，那才够情调。木屋顶棚有一个天窗，夜晚躺在床上，听草中虫儿啼鸣，观天上月色朦胧，诗才会喷涌而出啊！

晚上的篝火晚会，墨野更没有兴趣，被室友秋硬拉着去了会场。

大幕拉开的那一刻，墨野的眼睛直了，那个女报幕员太美了！跟心底的她一样美，像诗一样的女人！于是墨野的眼睛像追光灯一样，聚着女报幕员撵了一个晚上；大脑在时空中穿插游离。

20 年前的她，是墨野的高中同学。

墨野见到她的第一眼，就像被妖精索去了魂魄，神不守舍。但她像没发现他的存在似的，成天抱着本诗集在他身边走过，高傲得像个公主。

她有骄傲的资本，爸爸是县里的领导，妈妈是县剧团演员；她有一头飘逸的长发，眼睛大而明亮，鼻子小巧，鼻梁高挺。脖颈修长而白皙。特别是她那独来独往、超凡脱俗的气质，更让他神魂颠倒。

他为了她放弃了喜欢的金庸，开始研究诗歌。他想，我要写诗，当我的诗在报刊上发表以后，我就不顾一切地向她表白。

浓绿的 8 月来临时，他的第一篇诗发表了，可正放暑假。他煎熬着等到 9 月 1 号，她却没有出现，她和升迁的爸爸到省城念书去了。

从此她被藏到了他的心底。他每次遇到有些感觉的女人，她的身影就会跳出来，于是他就没了兴趣。

舞台上的报幕员太像她了，特别是那一抹微笑，淡淡的，藏着清高。

嗨，老兄，走吧！墨野被秋从恍惚中推醒，随着人群往酒店走。

秋打着哈欠：唉，折腾了一晚上，没什么新鲜的。

墨野低着头答：嗯。

秋说：那个报幕员，不错，长得漂亮！

墨野答：嗯。

突然，倩影一闪，墨野看见了女报幕员，忙说：你先走，我去趟卫生间。

秋说：上楼吧，去客房的。

墨野说：不，内急。说着，向暗处走去。

墨野尾随着女报幕员上了四楼，看她进了 406 房间，想过去敲门，愣了愣，转身下楼，回到了 309 自己的客房。

秋正在洗澡，墨野躺在床上辗转，血在身体里沸腾，心不住地乱跳：去，向她表白。可，她要回绝怎么办？

墨野抱紧头，蜷缩起身子，想让心平静下来，但没用，心颤得更厉害了。他腾地起床，向门外走去。

墨野哆嗦着按响 406 房间的门铃。

门打开的一瞬间，墨野愣住了。正卸妆的报幕员，惨不忍睹，像鸡爪似的手捋着干枯的头发，蜡黄的脸上堆满了褶皱、褐斑。墨野稍愣，扭头便走。

女报幕员冲着墨野的背影喊：嗨，梦游啊！

半年后，墨野结婚了，女人长相一般。

六千块钱

警察给儿子戴上手铐时，她就站在旁边。

她瘫坐在地板上不断地念叨：为什么，为什么会这样？瞬间冰凉的手铐敲开了她记忆的闸门……

4 年前儿子 18 岁，正上高二。

那天 2 月 4 号正赶上立春，她和儿子说笑着下楼，走向停在楼下的小奥拓，准备开车去姐姐家。

眼尖的儿子喊：妈，咱家车门怎么划了？

她疾走几步，上前查看，车门紫红的皮上几道划痕，随即叫喊：嘿，昨天车还好好的，今天就这样了，是谁给撞了！

儿子也喊：谁呀，这么缺德，撞了车也不言一声！

后来她们开车去了姐姐家。

她跟姐姐提起刮车的事，姐姐说：你啊，真傻，干吗不好好找找，找到肇事车主敲他一笔！

旁边的儿子问：大姨，能敲他多少钱啊？

姐姐说：敲他五六千的没问题。

她说：六千？我这个车才值两千！

姐姐说：嗨，你假仁慈什么，吓唬他，肇事逃逸，要拘留 15 天呢。

儿子赶紧插话：他怕拘留，就得和解。他一答应和解，我们就往高了要钱。

她发现儿子两眼放光，疑惑地问：能行吗？

儿子说：怎么不成，不试你怎么知道？

一旁的姐姐赞叹道：你看，还是我外甥有魄力。又指向她：你呀，天生受穷的命！嗯，你们这么办……

她和儿子从姐姐家出来，心里七上八下的，丈夫 10 个月前和朋友在外面喝醉酒，回家的路上心脏病发作，撒手而去。留下她一人靠在超市上班挣钱抚养儿子，日子过得紧紧巴巴。要是真能赚个五六千的，能过个好年了！她扭头看儿子，那小子晃着脑袋哼着歌满脸放光，仿佛看到了六千块钱正向他飞来。她就鬼使神差地把车驶向了物业监控室，和儿子一起去查录像。

她记得老师说过，你儿子浮躁，但很聪明，照现在的成绩，考不上一本，考上二本没问题。可现在儿子却……唉！

肇事者是一个 62 岁的男人，一听说不和解就要被拘留 15 天，脸色煞白，央求她和解。她笑着说：和解可以，你得给我六千。

那个男人说：能不能少点，六千太多，大过年的，我一个退休工人，没那么多钱啊。

她看那男人实在可怜，刚想说：五千也行！

儿子两眼圆瞪，一拍桌子，大叫：不行，六千就六千，你再磨叽，就拿七千！

那个男人立马服软。

她想，那一刻儿子凶狠贪婪的本性得到了极好的展露，她当时的表情是赞许、欣赏。那种表情让聪明的儿子心领神会。

她们拿了钱要走时，那个男人的老婆来了。那个女人了解完情况愤怒了，指着她大喊：你别美，你讹我六千块钱，你儿子早晚会进监狱！你记住，我的话一定应验！

真的应验了！她的心猛地一揪，那女人愤怒的脸又浮现在她眼前，她反复念叨：应验了，真的应验了，像巫婆的咒语一样。

讹到钱，他们到超市买了两大包东西；吃了大餐进行庆祝；她还给儿子两千元作为奖励。儿子就是因为有了那两千元才旷课、泡网吧、结识一帮坏孩子的。等她知道这些已经是半年后了。儿子因为旷课、打架斗殴被学校开除。没学上的儿子也找不到工作，只能开着小奥拓跑黑车拉活……拉进了碰瓷集团，还成了头目。

天渐渐黑了，那个女人的话又像炸雷一般在她耳边轰响：你讹我六千块钱，你儿子早晚会进监狱……

没了儿子的家，空寂，寒冷。她就这样坐在地板上想一会儿，愣一会儿。刚才戴在儿子手上的镣铐，像一把寒光四射的利剑直刺她的心脏，她感到很疼。

半年后的一天下午，监狱里的儿子读到了她的一封信。她在信里告诉儿子，她把那辆小奥拓报废了；她拿着六千块钱，去向那个肇事车主道歉。人家不仅没收钱，还劝她，你不要太着急，孩子年轻，会改邪归正的。

儿子的婚礼

他来到这座城市才三天，还没看清这座城市的模样。

三天前的中午他跟着二顺子下了火车换地铁，下了地铁坐公交，日头落山才来到这个工地。

他想先干活，等站稳脚跟，再各处溜达，看看这座他一直向往的京城。

他站在十八层的平台上，脑袋懵懵的，像箍着一层生铁。他放眼望去，到处灰蒙蒙的，灰色中隐现着一座座红黄颜色的塔吊和盖了半截的套着墨绿色网状衣服的怪物。

周围没有一丝风，混沌的天空像一个用了多年的铝锅盖，扣下来，把他和周围的一切都扣进了一个大蒸锅里，湿热憋闷得难受。他挺了挺胸，挺直了脖颈扭了两下，感觉好受多了，便开始干活。

干活的地方太憋屈，土炕大的一块地方，昏暗得要命，胳膊腿都甩腾不开。

他想起了乡下，如水的天空下，一大片葱绿的玉米地散发着嫩绿的清香躺卧在南弯河的臂弯里。

他一直认为气味也是有颜色的。肉香是黄色的，黄得让你咂巴嘴，让你满嘴流油；辣味是红色的，红得像火，烧得你吐舌头，咧嘴，眼冒金星儿；这里的味道是灰色的，灰得让人想哭。他感觉很闷，汗水越过睫毛钻进眼里，眼睛变得模糊。他眨眨黏腻的眼皮，用手抹了抹脸，转身把防护栏拔掉，继续干活。

在家乡干活是畅快的，畅快得大汗淋漓。干完活，甩掉身上的衣裤，一个猛子扎到河里。精光的身子像鱼一样在水里划过，真舒服啊！舒服得他在水里打滚。

南湾河的水清澈，清得能看见水底的石头。他把脸埋在河水里，"咕嘟咕嘟"灌进几口水，那味道是甜的，甜得他心里舒坦。

老婆常说他投错了胎，不该生在乡下。乡下的汉子都闷着头，刨吃食。粗不拉叽的，出臭汗，养娃盖房，没他那些酸文假醋的傻气。

那天老婆瞪着牛似的眼睛喊：你看看人家二顺子，那小楼盖得，像电视里的皇宫！我也不指望你有什么出息，好赖你也出去转转，闹腾点钱，帮儿子盖间房，娶个媳妇。

他还真让老婆说得有些愧疚。儿子、女儿都进城打工去了，他做父亲的，不能总躺在这些山水之间，做他的文学梦啊！于是他就跟着二顺子来到了工地。

他落地的那一刻没有痛苦。随着一腔热血喷溅在地上，印出一只鲜红的展翅飞翔的鹰，他吐出了一口浊气，飘飘然飞了起来，飞到了清澈的南湾河上空。

对于他的死有很多种说法。

工友们说：是那个防护栏不牢固，他往后退时摔下楼的。

安全员说：他违反操作规程，随意拆除防护栏，造成事故。

安监局的人说：施工方没进行岗前培训，他不懂安全操作规程，是造成事故的根本原因。

包工头二顺子说：他性格抑郁，可能有些想不开的问题，跳楼自杀了。

二顺子劝他儿子：人死了不能复生，弄点钱算了。86万啊，你爹做梦也梦不到这么多钱啊！

半年后，在他的老宅旁边立起了一幢漂亮的三层小楼。

又过了三个月，小楼前面搭起了喜棚，鞭炮礼花，乐队花车。儿子的婚礼像电视剧里面演的一样。

喜棚下，喜气萦绕，歌声甜美。

推杯换盏间，人们的表情各异。有喜悦，有羡慕，有嫉妒，有……唯独没有悲哀。

脸上有刀疤的男人

硬座车厢像沙丁鱼罐头，挤着沾满汁液的鱼。

我坐在三人座的中间，我的外侧坐着一个男孩，他对面坐着一个白净的姑娘。

我从他们的谈话中得知，两个年轻人是一对恋人，他们在北医读书，这次是回家度假的。

随着列车的行进，车厢逐渐宽松起来。快到中午时，女孩里侧的两位旅客下车了，男孩急忙坐到了女孩旁边。

"唉，可松快了！"男孩露出了好看的白牙，冲我笑了一下。他用手抹去女孩额头的汗珠，把女孩耳边的长发将到耳后，低声和女孩说起话来。

看到两张明亮的笑脸，我的心情好起来，闭上眼睛，开始睡觉。

我是被一个男人的喊声惊醒的，那个男人正瞪着眼睛冲男孩叫喊："起来，起来！赶紧走，该上哪，上哪去！"

这个男人干瘦黝黑，釉光的胳膊上烙着一条青黑色的飞龙；

脖颈处青筋凸起；一块柳叶似的疤痕趴在干瘪的腮上；一条皱巴的黑色短裤松散地系在腰间，露着两根黑绳头；黑色跨栏背心的下摆卷到肚脐上边。

我闻到了他口中喷出的酒气，不由得心咯噔一下，急忙看向男孩。

男孩举着车票冲着男人，有些口吃地说："换换吧，我……"

男人扒拉开男孩的手："换什么？躲开。"转身冲身后喊："磨什么？过来。"

一个花枝乱颤、顶着一头黄绒毛的女人走过来问："怎么坐啊？"

"坐里头。"男人再回头时，座位已经腾好。他瞥了一眼男孩，嘴角挂上一抹嘲笑。

男人骂骂咧咧地蹭上座位，把他头顶行李架上的东西扒拉开，接过女人递上的拉杆箱和双肩背包，一件件往上放。

随着男人麻利的动作，我的心揪了起来，我看到我的皮箱被他推到了后面，我担心下车拿箱子的时候要和他发生冲突。

男人放好行李，开始收拾桌子。他噼里啪啦地把水杯往桌角胡搂，把纸屑果皮往地下扒拉。

"粗俗。"男孩小声嘀咕了一句。

"嗯！"男人凶狠地瞪向男孩。

男孩低头看手机，不再吭声。

男人收拾完，拿过女人身边的塑料袋，和女人嬉笑着，像变戏法似的一件件取出，啤酒、凤爪、花生米、猪蹄、咸蛋、猪头肉等，摆了满满一桌子后，便肆无忌惮地吃喝起来。

男人两只油乎乎的大手在小桌和嘴之间飞舞，还不时地关照女人的嘴，一会儿送瓶啤酒，一会儿擩进块猪蹄。他们边吃边侃，像坐在自家的炕头上。

我闭上眼睛，心里开始盘算：眼前这对男女什么时候吃完啊？还有一个多小时我就该下车了，要是那时候他们正吃喝到兴头上？我怎么让他们挪挪，取行李啊？这种人不能惹啊！想着，我又闭上了眼睛。

"小偷，你偷了我的钱包！"我被男孩的叫声惊醒，他正指着身边站着的高个子青年喊。

"哼哼，你嗑药了吧？"高个子抖着肩，一脸凶狠。

"你……"男孩无奈地缩回手。

"混蛋！"凤爪从男人手中飞出，"扑哧"砸到高个子脸上。高个子忙抬手捂脸，手腕已被男人抓住。只见寒光一闪，一把匕首从高个子的另一只手中飞出，刺向男人，咣当，当，匕首在地上颠了两下，稳稳地趴在男人的右脚上；高个子挺身反抗，怎奈两只手腕已被男人死死扣住，双腿被男人左脚一扫，应声倒地。

"爷，爷，你饶了我吧！"高个子求饶。

"少废话，把钱包拿出来！"男人厉声喊道。

高个子从下身拽出钱包，寂静中爆发出赞叹声。

"好样的！"

"真棒!"

"谢谢,多亏了你!"

"哈哈,没啥,没啥!"男人大笑。

高个子被乘警带走,男孩继续玩手机,男人继续和女人吃喝,我却有些兴奋。

"先生,请您让让,我要下车了。"我是这么开场的,我微笑着对一只手攥着凤爪,一只手举着啤酒的男人说,"您好,我需要借用您的座位取行李。"

男人愣了一下:"好,我帮你拿。"

他放下手中的东西,两只油腻的手在裤子两边蹭蹭,就跳到座椅上,边伸着脖子在行李架上翻找边问:"哪件?"

我说:"最后面那件,那件紫色的箱子。"

事情已经过去好多年了,那脸上有刀疤的男人虽然再也没有见过,但,他那举着紫色皮箱的身影却清晰得难以忘却。

与屈原相遇

一弯弦月挂在西边的天空上，泛着清凉的光。

我独自一人在江边散步，月光下，芦苇在微风中摇曳，江水闪着银光。

我隐约地听到歌声，低缓忧郁。我循着歌声走去，歌声越来越清晰。

> 国富强而法立兮，
> 属贞臣而日娭。
> 秘密事之载心兮，
> 虽过失犹弗治。
> 心纯庞而不泄兮，
> 遭谗人而嫉之。

是谁在吟唱？歌声越来越悲壮而凄凉。我看到了，朦胧中一个男人坐在草丛的石头上，发髻高绾，胡须飘逸，面向西南低吟。

乘骐骥而驰骋兮，

无辔衔而自载

乘泛泭以下流兮，

无舟楫而自备。

《惜往日》？屈原？屈原先生！我向屈原奔去。

屈原回过头来，疑惑地看着我：你是谁？

我急忙奔到屈原面前，跪坐在地，答：我是一个小女子，一个诗人。夜不能寐，一时兴起，踏着月色来到汨罗江边听江水的涛声。

屈原问：诗人？你认识我吗？

我答：认识，我能熟背先生的《离骚》，它是千古卓绝的诗篇；先生是名垂青史的伟人！

屈原笑了，站起身，微整衣袍，望向西北，自语：名垂青史？我不在乎！我在乎祖国兴衰，我在乎楚国存亡；我在乎百姓不受疾苦，故土不受蹂躏！他边说边向江边走去。

宁溘死而流亡兮，

恐祸殃之有再。

歌声从他身后传出，在寂静的旷野上空回荡。

先生，等等！我猛然醒悟，朝屈原追去。

屈原停止脚步转身问我：你还有事吗？

我问：先生真的要死吗？

屈原答：是的。

我问：先生不怕死吗？

屈原没理我，一甩袍袖，仰头望向天空，高声呐喊：死有何惧！我要用我的死惊醒顷襄王，使其亲贤臣远奸臣，强国抗秦！我要用我的死唤醒楚国的百姓，激起他们的爱国之心！

我喊：先生死了，家人怎么办？他们会悲痛欲绝的啊！

屈原沉默了，回头望着远方。他深邃的眸子在拂晓的光亮中闪着泪光。

我顺着屈原的目光望去，远处连绵的群山依稀可见，山下一片茅舍笼罩在轻纱似的薄雾中；不远处的一棵橘树下站着一匹白马。白马被拴在树干上，四蹄刨地，头使劲地挣着偏向我们。

我跟在屈原身后向白马走去。随着我们走近，白马"呜呜"地嘶鸣起来。

屈原走到马的身边，用手抹去马的泪水，捋着马的鬃毛。白马低着头，耷拉着耳朵，嘴唇在屈原的胸前摩擦。屈原托起马头把脸贴在马的脸上，泪流满面，像跟亲人做最后诀别。

良久，屈原推开马头，拍了拍马背，拔了把青草送到马的嘴边，看着马吃完，才慢慢地离去。

起风了，天边的明亮渐渐隐去，乌云像烟雾一样压下来，天地之间寂寥昏暗。风卷起屈原的袍襟，吹乱屈原的胡须，扬洒着屈原的歌声。

不毕辞而赴渊兮，

惜雍君之不识。

我呆呆地站立着，看着屈原的身影向江边移动，我知道，先生死意已决，劝也没用。

屈原走到江边站住了，转过身，面向西北凝望。我知道，他凝望的地方是楚国的郢都。他惦念着被秦国攻占的都城，为那里的百姓担忧。

片刻，屈原回过神来，捋了捋胡须，整理好衣袍，抚平长袍上的褶皱，挂好腰间的佩剑，迎风慢慢跪下。

屈原行完三拜九叩的大礼后，转身越入江中。顿时，狂风大作，电闪雷鸣，暴雨倾盆而下，奔腾的汨罗江，呜呜地哀号，白浪滔天。

先生！先生投江了！先生是为国而死啊！我在狂风暴雨中哭号。

我被妈妈从睡梦中推醒，晨光抚摸着我的泪滴，我闻到了苇叶和糯米的清香。

摔下楼梯以后

　　最近她时常会心疼，隐隐地，像被人把心掏出，抛到旷野，又在碎玻璃上滚过一样。

　　她会长久地坐在露台的摇椅上望天边漂浮的云朵，她感觉天空像水，漂浮的云朵像冰，她沉浸在水里，巨大的冰块压过来，刺骨得凉，凉得她牙齿打战，浑身发抖。

　　她老公说：那是寂寞。你想想，这么大的屋子，楼上楼下空空荡荡，就你一人，不寂寞才怪呢！你应该去外面走走，要不就到楼下聊聊天，跳跳广场舞。

　　她没听老公的。她这一辈子忙忙碌碌，学习，工作，孩子，从来没闲过，更没学会和人闲聊。跳舞倒是会点，那是在单位不得不应酬啊。

　　没退休时她不这么恋家，可现在她不愿意离家半步。家，怎么能离开呢？老公和儿子说不准什么时候就会打个电话，或是发张照片来。她觉得她必须在家守着，守住这部电话，守住手机屏幕。那样她才感觉心在跳，感觉踏实。

她也会出门买菜，那时她就把手机抓在手里，竖直了耳朵，还时不时地翻看一番，生怕错过他们的信息。

现在她正在楼上的厨房里擦橱柜，金属的柜门像一面面镜子泛着冰凉的光；早上熬的百合莲子粥在锅里皱着粉红的皮。看到粥她才想起，中午她还没吃饭呢。她懒得吃饭，更懒得做，一个人做什么啊，随便吃点算了。

当初装修时她执意要把楼上这间卧房改成敞开式餐厅，是图一家人聚餐时热闹有情调。可现在望着贴在天窗上的那片瓦蓝，她不由得轻叹一声："唉，度日如年啊！"眼泪就流了出来。

"丁零零"楼下的电话响了，她抓起旁边的手机就往楼下奔。迈上楼梯，脚底发急，一步踩空，"啪"的一个跟头，滚下楼梯。

她在地上趴了半天才一点点地坐起来，她的脚腕子疼得钻心，过了一会儿不太疼了，但不能动，一动就疼得冒汗。随即又肿了起来，肿得像个小馒头。

"丁零零"电话又响了。她拖着一条腿，慢慢地往座机旁蹭，还没蹭到，电话不响了。

她索性坐在地上不动了，拿起手机，给老公打电话。

电话通了，她还没说话，老公就挂了。她又打，老公又挂。她想再打，老公发来微信：我在开会，一会儿回你。她再打，老公关机了。

好吧，你关机，我找儿子。我要让儿子评评理！她想都没想就拨儿子的手机。

妈，你干吗呀？我正睡觉呢。儿子迷迷糊糊地问。

啊，好好，你睡觉吧！妈没事。她猛然醒悟，此刻，大洋彼岸的温哥华正是深夜。急忙挂机。

唉，糊涂，真是糊涂啊！干吗给儿子打电话呢？深更半夜地把他吵醒。随即她就怨起老公来，这个老东西，退休了还要上班。六十多岁了，成天瞎忙，忙得星期天都不在家。看样子今天晚上又有应酬，说不定会几点到家呢。我这脚可怎么办啊？她感到一阵凄凉，不由得哭起来。

正哭着，手机响了，她以为是老公的电话。不等对方开口，先哭着喊：我脚崴了，从楼上滚了下来。

手机里传出一个女人的声音：大姐，别着急，你慢慢说。

慢慢说？你是谁？你怎么有我老公的电话？她醋劲大发，紧紧追问。

……

一个月以后她的脚好了。她不再坐在露台的摇椅上望天，也不再拼命地清洁房间消磨时光了。她当了文化志愿者，满大街地跑。今天在社区收集为贫困山区孩子们捐的书；明天到文化馆参加"读书改变人生"的讲演。她还捐助了一个宁夏的贫困学生，闲暇时给那个小姑娘写信，选些优秀的儿童读物寄给小姑娘。她的脸变得灿烂明亮，心情也欢快起来。

对了，忘了说了，现在补充：她从楼梯摔倒的那天，打电话的是社区的一位女志愿者，正在进行电话家访。人家打了两遍她家的座机，没人接。过了一会儿又打她的手机……哈哈，事情就那么凑巧！

是那位女志愿者找人把她送到医院，一边陪着她看病，拍片，拿药，一边开导她，一直折腾到深夜。

妈妈的大榕树

榕下了飞机，直奔医院。

哥正站在医院门口等她，榕问哥：妈怎样？

哥说：没多长日子了。

榕埋怨：你怎么不早告诉我呢？

哥说：妈不让，妈想让你把博士读完，然后去美国找爸。

榕惊讶地问：什么？爸？

哥答：是啊，妈一年前碰到一个云南知青，得知爸在美国，一直单身，一直在找我们。那个知青跟妈要联系方式，想通知爸，被妈回绝了。妈说：你把他的电话给我吧，我自己联系。其实，妈那时不想联系爸。她那时刚查出肺癌，她不想让爸看到她满脸褶皱皮包骨的样子。她想让你读完博士再去美国见爸，让爸看看，她没辜负他；她为他培养出了一个有出息的女儿！

瞬间，榕泪流满面，心在呐喊：爸，我在梦里喊了无数次的爸，你还活着！你为什么抛弃我们？

……

晚上，榕像小时候一样躺在妈身边和她聊天。

榕问：你恨过爸吗？

妈说：最难的时候，恨过。停了一会儿，又说，很长时间，我不相信你爸会抛弃我们。总想着，哪一天他会突然冒出来，找我们。盼啊，念啊的，日子一天天地过，我这心，就一点点凉了，凉的……眼泪从妈的眼角流出，一滴滴滚落。

榕抹去妈眼角的泪珠，问：现在，您还恨吗？

妈闭着眼，摇摇头：不恨了，早就不恨了。你们长大以后，我就不恨了。就盼着他回来，盼着他回来看看你们，看看，他有这么优秀的儿女……妈妈谈起了她和爸的往事……

那一年，我16岁，正是人生的最好年华。我和同学们响应国家号召去了云南生产建设兵团。我们连队有很多上海知青，你爸就是其中的一个。他和那些知青不一样，他沉闷、忧郁，独来独往。特别是他的长相，清瘦、白净，五官像刀刻的一样，棱角分明。不像我的那些同学模模糊糊的一张脸，鼻子和眼睛一样高。

榕"扑哧"一声笑了：妈，你那么迷恋爸啊？

妈脸上泛出红晕，眼睛闪着光亮：你爸爸总是捧着一把口琴，坐在大榕树下吹。那样子帅极了，吸引着我总想了解他，接近他。后来听人说，他爷爷是上海的大资本家，新中国成立初期逃往美国，他爸妈正被监督改造。我不怕呀，我是"红五类"。我主动地接近他，跟他聊天。把好吃的留给他。我们那时候的生活苦啊，几个月见不着肉，男生们就想法弄点野味，有时还偷人家的鸡、鸡蛋，弄来吃。他们也偷着送给我，我就留给你爸，咳咳……咳咳……

妈讲着，咳嗽起来。榕赶忙起身，把床头柜上的水杯拿给妈。妈喝了两口，递还她，往上蹭蹭身子，斜靠在床头，继续讲：你爸经常独自到河边散步。我就躲在大榕树后面张望，盼着他回来时和他搭话。后来，有同学起哄，说我和你爸搞对象，我们就好了。当时，大家都是那个年龄，又远离亲人，一对对地都搞上了。再后来我们结了婚，生了你哥哥。我们把你哥哥送回北京，让你姥姥带。两年后又生了你，你爸爸舍不得你，偏要我们自己带。

妈用手摸着榕的头，继续说：你爸可喜欢你了，总是让你骑在他脖子上，逗得你吱哇乱叫。不久传来消息，你爷爷奶奶恢复了工作。我和你爸商量回上海看他们，我还没见过他们呢！结果你奶奶来信说，你爷爷病重，让你爸赶紧回去，让我们再等等。谁也没多想，你爸就急匆匆走了，走了就没再回来。后来，就传出，你爸全家都出国了。再后来，我就……妈的眼睛变得迷离潮湿。

妈望向漆黑的窗外：那时候大家都忙着回城，人心惶惶，不久就走得七零八散了。

榕问：听哥说，爸回来找过我们。

妈脸上泛出光彩：是啊，一年前我才知道当年你爸一回到上海就被你爷爷奶奶骗去了美国。临走时他给我寄过信，不知怎么我没收到。多年后他回国找我们，可老房子已经拆迁……

榕握紧妈的手说：妈，我们一起努力，把病治好，等爸回来。

妈答：好！

榕看到妈眼里放着光芒，那光芒足可以战胜死亡。

天很黑了，榕躺在妈怀里甜甜地睡着了。

一年后，一个春光明媚的上午，榕和哥哥搀扶着爸妈站在香山顶上，眺望着他们的新家。

魔　力

诊室的门被挤开一条缝，几个人扒着门缝往里张望。

我站在门旁不停地搓手，耳朵伸直了听大夫叫号。终于轮到我了，我坐到大夫身边的椅子上说：大夫，眼科大夫怀疑我干燥症，让我到您这检查。

大夫没看我，也没吭声，低头看电脑左面的手机，她的左手在手机屏幕上滑动，右手按住鼠标。

我有些急躁，提高了声音：大夫，您给我看看。

啊，你怎么了？大夫瞟我一眼，继续看手机。

眼科大夫怀疑我干燥症，叫我到您这确诊。我重复着。

好，你先验下血。大夫的眼光移向电脑屏幕，右手食指点击鼠标：你叫什么？

我报了姓名。

大夫的右手食指飞快抖动，打印机哗哗响，吐出几张白纸。她把白纸递给我，脸又转向手机。

白纸是化验单。我拿着化验单，划价，缴费，验血。折腾了半天，拿到化验结果，又去找大夫。

大夫的目光从手机移到化验单上：看不出什么问题。你再做个活检，做个 ECT。

活检？什么意思？

就是从舌头上取点肉，化验。

不，太疼了。

那做 ECT 吧。

没等我同意，大夫右手食指抖动，鼠标嘀嗒，打印机哗哗作响。

这时一个男人冲了进来，气急败坏地嚷道：大夫，这是怎么回事？我老婆这疼，你怎么让她做脑部 CT？男人撩开外衣，手指右胸。

大夫一愣，扭转头，左手仍没离开手机，问：病人呢？

男人说：在 CT 室门口等着呢。

大夫说：叫她，把她叫来。

男人边往外走边向挤在门缝中的几张脸，抖着手中的白纸，叨唠：幸亏我多看几眼。我越看越迷糊，怎么胸疼，照脑袋呢？还好不是做手术，要是做手术，胃有毛病，再把你肝割掉。

望着男人的背影我的心揪了起来，抓起大夫开的检验单，匆匆离去。

ECT 就是核医学检验，核医学实验室在医院后面的一座三层小灰楼里，浓绿的爬墙虎糊满了小楼的外墙，楼门敞开着，像一个幽深的黑洞。我在离门口 3 米远的地方站住了，刚才的一幕在我眼前浮现，我的腿开始哆嗦，像拴了秤砣。我思索着：核医学检查？太可怕了！万一操作机器的医生也在看微信呢？他边看边操作机器，稍一走神，按错按钮，调大了辐射量？我身上的汗毛竖了起来，蘑菇云在我眼前慢慢散开，变幻出各种残缺的躯体。

正在这时，一个戴大口罩，身穿黑色胶皮衣服，戴着黑色胶皮手套的人从楼门里闪过。妈呀！我扭头就往回跑。

嗨，你干吗？一个身穿白大褂的男人跟跄着往后退，手里攥紧手机。

原来他正边走边看微信，我猛一转身差点撞掉他的手机。

飞转的石磨

盘腿坐在床上的钱老太望着窗外的蓝天叹了口气，转身拽过枕头把脑袋安顿好。哆哆嗦嗦地抓起电视遥控器，手指摸到按键又停住了。唉，看什么电视啊！眼睛像蒙了一层黑纱，看什么都模模糊糊，干涩的眼都挤不出眼泪来。

钱老太扔掉遥控器，闭上眼，从枕头下面摸出半导体。唉，还是听它吧，有个响就行啊！

钱老太的儿媳走进屋，走到床边，伸手切断吱哇乱叫的声响。钱老太睁开眼，一脸的不高兴：唉，你这是干吗呀？

儿媳伸手拽钱老太：妈，咱们去外面晒晒太阳。

钱老太往后躲着：我不去，外面还不如这个方盒子。不是水泥路，就是溜光的广场，见不着一点土坷垃。就那么几棵树还杵在碗口大的池子里，像把一个人塞到腌菜罐里，罐口卡着脖子，只露个脑袋呼哧呼哧地喘气。

儿媳"扑哧"一声笑了：您就会说风凉话，走吧，咱们到外面散散心去。

钱老太扒开儿媳的手：乐呵？自从住进这 18 层，我就没乐呵过。上下楼，人贴人。像被关进闷罐子，憋肚缩屁股地不敢喘气。

儿媳笑着连拉带拽：走吧，我今天带您去一个不憋闷的地方。

钱老太边起身边嘟囔：不憋闷？哼，这里还有不憋闷的地界？

恍惚间钱老太被儿媳拽进了一所青砖灰瓦的大宅子……她出东院奔西院，进了雕花如意门楼，绕过砖雕山墙影壁……

庭院中那口大鱼缸闪着釉光，碧绿的荷叶下几条金鱼在水中嬉戏，亭亭玉立的几朵莲花瞬间变成了姐妹们的脸。

西墙下那架织布机吱吱呀呀地转，6 岁的她倚在妈妈身旁一边唱着歌谣，一边用小手抠着妈妈埋在腿下的三寸金莲。

奶奶的土炕上她和姐妹们围着奶奶唠嗑，她瞥了一眼炕头的簸箕，一条大青蛇正吃白薯干，发出"嘶嘶"的声响。随着她一声叫喊，蛇嗖地钻进炕缝。大妹说：我们叫王妈（家中的用人），让她烧炕把蛇逼出来吧。奶奶笑着阻止：不要，那是镇宅的神灵。早年我们家的粮仓里都住着蛇，经常爬出来玩耍，我爷爷就不让打。他说，那是镇仓的龙，有它在粮食才能年年满仓。

矮墙旁青石砌成的老井悠然地坐在井台上，井口的辘轳刚汲完水，洒溅出的水珠晶莹闪亮，滚落在碧绿的苔藓上。

钱老太走出了朱红大门，她看到大槐树下的石磨，干涩的眼里顿时涌出泪水，脸上的褶皱盛开出一朵朵菊花。

石磨很大，沙黄色花岗石上刻着岁月的花纹。她就是在石磨旁和他认识的。那一天他在磨玉米，黝黑的皮肤在阳光下泛着亮光，他粗大的手抓起搭在肩上的单褂抹一把满脸的汗水，抬头望向火球似的太阳。就在他抬头的一瞬间，他的眼睛和站在大槐树下的她相遇了。他笑着扭过头，照着毛驴儿屁股"啪"一鞭，喊了一声"驾"，石磨就像风似的嗡嗡地旋转起来。他健步如飞的身影就飞进了她的心里，一住就是一辈子。

那时候正土改，一个民兵队长要娶一个地主的女儿，要经历多大的磨难啊！可这头倔驴硬挺过来了。这一辈子，他们从未红过脸。他们吃苦，受累把三个子女培养成人，不容易啊！前年他走了，是她把他一直送到墓地，安顿他睡在西山脚下那块黑色的大理石下。

年前村子拆迁，她和儿子一家住到了高楼上。房子大，有暖气，解手的茅坑很白净。但她就是憋屈，憋屈得总想哭，哭还哭不出眼泪。憋在心里难受。她想泥土的味道，想满院子跑的鸡鸭猫狗，想大槐树上一嘟噜一嘟噜的槐花散播的香气。

她恍惚看到石磨转了起来，嘎吱嘎吱有节奏地唱着歌，歌声中她的身体像麦粒一样被磨盘碾过，变成粉末，顺着漏槽流淌下来。她在耀眼的白中看到了父母、老伴、儿女……

"我这是在哪？是做梦吗？"钱老太把双眼从石磨上移开，移到儿媳脸上。

　　儿媳望着婆婆疑惑的眼神回答：妈，这是民俗文化馆，开发商把钱家大院重新修缮了，免费供人参观。以后我每天都陪您来。说着她用手指向左面：您看，那边就是我们的家。

　　钱老太，顺着儿媳手指的方向看去。不远处，一座座高楼在阳光下熠熠生辉。

非常时期

这是一条很有名的长街，平日里这条长街上的公交车里人贴着人。

现在空寂的车厢里只有我一个乘客。售票员的眼睛变成了口罩上的两道细缝。不时从细缝中射出的光芒搅得我烦躁不安，我真想冲上去告诉她：我没有精神病，我赶去单位开会。

单位已经戒严，几个带着防毒面具的人从寂静的庭院穿过，几个保洁员围坐在花园的石桌旁窃窃私语。死亡的阴影笼罩了每一个角落。

会议在大厦前的雨搭下召开。一个藤桌，十几把藤椅，一脸惊恐的服务员不时地往精美的瓷器里添着茶水。显然，这是一个临时拼凑起来的会场。

总经理宣布：饭点即刻停业（实际上前天已经停业），你们要立即拿出应急预案。饭店除工程部、安保部留少量人员值班外，其余人员一律在家待命。每天早 8 点前员工要向自己的主管领导报告体温，一级级统计后上报给我……

会议很快结束，众人匆匆离去，像奔赴一个个战场。

我心情沉重地走进大厦 B3 层。楼道昏暗幽静，浓重的消毒水味四处弥漫，往日灯光明亮、机器轰鸣的几个机房大门紧闭，死一样沉寂。

我站在直燃机房的铁栅栏门前，按响门铃。一个脑袋从对面的值班室探出来，又缩回去。片刻走出膀大腰圆的老牛，晃着满脸胡须的脑袋：谁啊？哎哟，妈呀！喊罢，扭头往回跑。那样子像看到了鬼。

嗨，这头憨牛，平日见到我总是嘻嘻哈哈地往上凑，今天是怎么了？准没干好事。我懒得跟工人较劲，抬脚往配电室走去。

配电室的谭领班开了门：哟，经理！你怎么来了？你不是在家隔离吗？他挡在门前，嘴角挂着笑，没半点请我进去的意思。嗨，这小子，平日里像个哈巴狗，今天可挺直了。我没好气地问：你怎么知道我在家隔离？

刘经理说的，刘经理说，那天开晨会你就坐在郑梅（郑梅是人事经理）身边。郑梅已经死了，是非典。那天开会的 9 个人都得在家隔离。刘经理说现在工程部他全权负责，刘经理说……刘经理说……他唾沫星子飞溅，嘴角咧到了耳根，挂在嘴上的浅笑摇身一变，"哈哈"地肆无忌惮。嘿，他一口一个刘经理，好像刘副经理已经篡权成功；好像我定死无疑，他另换了主子。唉，小人！是我遇到了一个智商情商都不高的小人，还是我平时作恶多端让他恨得如此迫不及待呢？我撇下他唱独角戏，急步走进楼宇自控值班室。

楼宇自控的值班员还兼着工程部的调度工作，他们不仅了解饭店每个角落的情况，还能第一时间掌握各部门对工程部的反应及工程部各值班室的情况。

我一看见值班员吴恙，心就凉了大半截。这小子原本是个调音师，由于跟会议主管不和，才让我调到楼宇自控值班的。他父母都是大学教授，平时傲得要命。每次见到我也只是点头微笑打个招呼，从未和我套过近乎。

经理好，您请坐！吴恙不卑不亢起身让座。

好，怎么样？没什么问题吧？我随手拿过值班记录，边翻看边问。

没什么问题，除了必要的照明和上下水系统，其他设备全停了。他认真地回答。

好，直燃机房怎么回事？大老牛怎么见我就跑？我问。

嗨，他是被非典吓的。他听说您可能传染了非典，怕再传染他。吴恙嘴角爬上了一抹嘲笑，继续说：他昨天下夜班，在后海转了三圈没敢回家，又跑回单位了。

唉，平日里粗犷豪爽，谁都不怕的一个大老爷们，竟被非典吓成那样？我不禁感叹。

经理，喝杯水吧。吴恙递给我一杯新沏的茶，说：也不能怪他。是挺恐怖的，听说总办秘书郭素也确诊为非典，被拉到了小汤山。那些背着喷雾器、戴着防毒面具的人天天在大厦各处转悠。

我说：是啊，所以我们开会都没进大厦。

吴羌说：您不会有事的，您可以喝点银黄颗粒或者弄些金莲花冲茶喝。

我感到一股热浪涌到喉咙，忙说：谢谢！

……

那天上午，我还遇到了很多意想不到的事。想想并不奇怪，因为那是非常时期。

绝　境

那天下午我们三个人在山林里跋涉了很久，终于走进了一片空地。空地上那个像卧牛似的大石头，吓出我一身冷汗。两个小时前，我还骑在牛背上，扯着牛的耳朵留了影。

天啊，咱们迷路了！趴在李瑞背上的吴莎惊叫。

算了，别瞎转了，我累死了！我跌坐在地上，每一块肌肉都疼。

好吧，歇会再走！李瑞把吴莎放到地上，脸色阴郁晦暗。

哎哟，疼，好疼啊！吴莎额上爬满汗珠，嘴角抽搐。

疼，你只顾喊疼，你知道吗？我们走入了绝境，都是因为你不让带手机，说什么要逃离尘世；说什么来感受古人悠闲宁静的逍遥！李瑞一屁股坐在地上。

寂静，死一般寂静。

此刻，我们都明白，就现在的情况，即使不再迷路，背着吴莎上路，天黑前走到山下也是不可能的。最好的办法是在这里过夜，等天亮再走。

沉默，我们沉默着。

突然，李瑞起身，拎起背包就走，边走边说：你们先休息，我去探探路。

吴莎冲着他背后喊：嗨，你……

李瑞站住，回过头：我去去就来。

吴莎凄凉地笑着说：再见，注意安全！

我不禁战栗，一种不祥的预感涌上心头。

李瑞是吴莎的男朋友，我和吴莎的大学同学。他来自贵州的一个小县城。家里很穷，人却长得清秀高挑，性情沉稳。

我和吴莎是邻居，从小一起长大。为了吴莎，我和李瑞成了朋友。我暗恋吴莎，总是跟在她身边转。考大学的时候，为了能跟她上同一所大学，我放弃了最喜欢的专业。

我们刚大学毕业，都有一份理想的工作。前两天吴莎提议：星期天，我们爬山去，去听风的呼喊，听大山的吟唱！我就屁颠屁颠地跟来了。我喜欢跟他们在一起玩，为了吴莎，我习惯了当灯泡。

下山的时候吴莎摔伤了腿，疼得吱哇乱叫。我和李瑞只好轮流背着她走。

太阳开始落山了，李瑞还没有回来。光秃的树枝在寒风中摇曳，空气沉闷而压抑。

李瑞走后，我和吴莎顿感尴尬。

他家不能没有他。吴莎像自言自语，又像是说给我听。

嗯，我理解！

他很难啊，父亲刚去世。他要是死了，他妈和妹妹就没人养了。吴莎继续说。

我想说，我们呢？我们要是死了，我们的父母非急死不可！但我没说出口，我怕吴莎内疚，我愿意陪她去死。

我说：不会的，你不要那么悲观。我起身去捡干树枝，为寒冷的夜晚做准备。

天渐渐黑下来，周围的一切变得模糊，我拿出水和巧克力递给吴莎：吃一点吧，身体需要热量。

吴莎掰了一点巧克力，呷了一口水，喃喃地：他的背包里还有一瓶水和一个面包……他可能已经到了山下。

昏暗中吴莎瑟瑟发抖，两只眸子闪着亮光。

天啊，她早看透了李瑞抛下我们、独自逃走的企图，但她无怨无悔！我的心撕裂般疼痛。

月光清凉如水，风不大，但很冷。

吴莎靠近我，脸庞朦胧而凄美。

我说，再忍会儿，过一会儿，我就点火，有了篝火就暖和了。

吴莎问：你怕死吗？

怕！我随口而出。

我也怕，我从来没有想过死。但今天我想了很久，我一直在想……她哽咽道：我看错了人，我对不起你！

你没有对不起我。我搂紧她：不怕，我们不会死的！我一定把你带出山！

远处，黑暗中一片异样的绿光向我们逼近，闪闪烁烁，像传说中的鬼火。那是狼的眼睛。

我屏住呼吸，缩回搂抱吴莎的手，点燃篝火。

篝火越烧越旺，我奋身跃起，大声叫喊：来吧，你过来啊，你该死的狼！我边喊边奋力敲击水壶。

吴莎瞬间明白了我的意图，也跟着的敲击呐喊。

喊声，敲击声，在寂静的夜空回荡。

熊熊燃烧的篝火照亮了山林，照亮了我跳跃奔腾的身影，吓得那绿色的荧光发出怪叫，仓皇逃窜。

篝火引来了护林人……我们得救了！

两天以后，搜救人员在深山的峡谷里找到了李瑞。他疯了，谁也不知道他这几天经历了些什么。

下一刻你不知道会发生什么

那件事就那么发生了。

她打破了沉默，放了一发炮弹，使总经理的脸色由粉白变成铁青。

散会后，大家都躲着她走，好像在躲避一个麻风病人。蔚蓝的天空立马变得灰暗。她分明看见那些僵硬的脸后面挂着嘲笑，仿佛在说，哈哈，又犯傻了！逞什么能啊，就你明白！

她突然陷入了无限的烦恼中。感觉自己很傻，天生就缺根筋，一生中反复遭遇这种境况却总不长记性。难道真像老公说的：骨子里的东西，难以修炼吗？

记得最早那次是上小学，几个同学约她去参加校歌唱队选拔。她们扒着音乐教室的门，谁也不肯进去。一个同学推着她说：你进去，你唱得好。别的同学就跟着起哄：是啊，你先进去……她就真进去了。当她站在黑压压的人群前，放开喉咙时，底下一片哄笑。她侧头看门口，同学们努嘴挤眼的，一脸得意。

那一刻，她知道自己被要弄了，她知道自己五音不全。从此再不敢开口唱歌。即使是不得不参加的大合唱，也只是光张口不出声。那感觉就像被无数只蚂蚁慢慢啃噬。

那一次带给她的不只是对唱歌的恐惧，更是对人的恐惧。从此她变得不合群。在别的女孩都在屋外跳皮筋踢毽子时，她躲在屋里看小说。

她的青少年是在书和幻想中度过的。她读完了爸藏在床底下的一大箱子名著；她幻想着自己是林黛玉、安娜·卡列尼娜、简·爱……在她们的世界里死去活来。这段经历让她变得敏感多疑、多愁善感。同学们说她清高孤僻。

大学毕业后她进了单位，面对纷乱的社会，面对一张张复杂多变的面孔，她困惑害怕，无所适从。

办公室里有一个董姐，很胖。总在背后搬弄是非，说这个作风不好，那个跟谁有一腿。可大家都跟她好，围着她转。特别是李姐，董姐总在背后败坏她名声，她还和董姐那么好。

她觉得李姐没认清董姐，就去提醒人家。几天以后，她发觉大家都用怪异的眼光看她，不理她。后来又传出，她阴险，她挑拨离间。

她干脆谁也不搭理，每天独来独往，带一本世界名著到办公室去看。不久又传出：她假清高，看不起人。

领导也认为她人缘不好，奖金总是给她最低。她不服气，就去找领导理论，把她知道的办公室丑事全说了出来。她认为领导不知道内情，知道了一定会秉公办事。

结果，她成了所有人的敌人，像唐吉诃德一样可笑。

她感觉身上落满了鄙夷的眼光，有无数根手指在戳她的脊梁骨。她一想起上班就心惊肉跳。

后来她病了，辞了职。

结婚后，她又应聘做了一家外企的总办秘书。一个月后总办主任带她参加一个酒会，回来的路上总办主任对她动手动脚，她躲闪着那张喷着酒气的臭嘴，瞄准机会跑了，第二天她就辞了职。

再后来她又找了工作，又辞职。反反复复。

她问丈夫：为什么呀？她们什么书都不看，可她们与人相处如鱼得水；玩起权术得心应手。简直就是天才！

丈夫笑她幼稚：你呀，白读了那么多史书，讲春秋战国头头是道。不知道吧，人家那是天生的，骨子里带的！丈夫看她一脸茫然，又说：你天生就没那根筋！你骨子里啊，只有真诚、善良、正直……她笑了：我知道，你是说我傻。

丈夫调侃道：得了，知道傻就改。改精点！

她真的变精了。她把敏感、清高、尖锐，统统藏起来。学会了隐忍、谦卑、圆滑。随着社会的进步，企业开始追求利润考核员工的能力。她的专业水平、她的不参与是非和淡泊名利得到了老板和同事的欣赏。她的事业也顺畅起来。从领班到经理，一步步走来。她越走越稳，越走越自信。

她以为自己学会了敬畏权力，也开始喜欢权力、追逐权力了；她以为自己久经打磨已经变得光滑圆润了。她有时候还对着镜子自我嘲笑：你这副皮囊啊，已经没了灵魂！

她问自己：今天，怎么了？怎么那么冲动？难道真是本性难移吗？嗨，不就辞职吗！

她接完总办秘书的电话，是带了辞职书去的。但她想错了，总经理不但没辞退她，还升了她的职。

女 人

　　看一眼墙上的挂钟，继续看电视。这个动作她重复了无数遍。

　　"嚓嚓……嚓嚓"，85 岁的妈来回蹭地的脚步声灌进她的耳朵，刺激她的肠胃叽咕乱叫。她们还没吃饭，要等强子回来吃完了，她们再吃。

　　她今年 58 岁，是家中的大姐。下面是一个弟弟、两个妹妹。爸爸 5 年前走了，留下妈一个人。她要接妈过去住。妈说：我啊，哪也不去，宁看儿子的屁股不看女婿的脸，儿子家不去，女儿家就更不去了。

　　妈坚持自己住是有她的小九九，儿子孤身一人在国内（儿媳孙女都在国外），连饭都不会做，每天晚上还得上她这蹭饭呢。她坚持自己住，女儿们就得伺候她，就得把儿子也伺候了。

　　"嗨，快着，强子回来了！"妈推门朝她喊。

　　"好！"她奔向厨房，开火，放油，炒菜，一阵忙活。

　　"多放点酱油，咸点，强子口重，爱吃带色的。"妈的叨唠让她像被念了紧箍咒的孙悟空，脑袋疼痛，浑身哆嗦。手中的锅像走钢丝，左右乱颤。

"得了，别说了！给。"她把一盘菜递给妈，伸着脖子往厅里看，"强子怎么还没进来？"

"停车呢！我刚扒着窗户看到他的车开过来了。"妈接过盘子，蹭着地，往厅里走。

强子从一进门就没笑脸，去完卫生间，径直走到客厅，往餐桌旁一坐，边嗑瓜子边看电视。

妈送完菜，又拿筷子，取碗。正炒菜的她看见妈撅屁股哈腰的，甩了一句："哎呀，你歇着去吧，添什么乱啊！"

她把盛好饭的碗和筷子放在餐桌上，对强子说："吃饭吧。"

强子没抬头也没搭话，拿了筷子吃菜，边吃边看电视。

她转身回了厨房。

妈在厅和厨房间走遛，一会给儿子送酱豆腐，一会给儿子送胡椒面……

她躲在厨房归置，耳朵支棱着，要是弟弟说一句好吃或者妈探进头来说"强子今天吃了不少菜"，她的心就会安稳下来，不再怦怦乱跳。

每天都是如此。每次，她都像大臣等着上朝似的等待妈那句"皇上驾到"然后飞奔到厨房胆战心惊地忙活出苦心琢磨的汤、菜、饭献给弟弟。这已经成为习惯，好像很早就养成的习惯，早到她 8 岁时抱着脑后留着小辫的弟弟在大槐树下等爸爸下班回家时。

有时候她也纳闷自己和弟弟之间怎么会这样啊。那两个妹妹就不这样。虽然她们也伺候弟弟，但她们好像不那么上心，不那么提心吊胆。特别是小妹，有时候还让弟弟自己盛饭，还挖苦他几句。弟弟对小妹反而有说有笑。

家里人都说，她像妈。

妈是小脚，就因为她爷爷说：女孩子就要裹脚，好歹也得有个尖啊！

妈说：男孩和女孩不一样，男孩好赖是块地。男孩能顶门户，男孩……所以，小时候她和妹妹们吃菜团子，弟弟吃饺子；所以，她小时候拿着10块钱给弟弟买一根5分的奶油冰棍，弟弟吃，她在旁边高兴地看着。

妈说：人有脸，树有皮。人不能走在街上让人戳脊梁骨。她就努力读书认真做事，谨小慎微地做人，事事吃亏。

妈说：女人就要有女人样，要伺候好丈夫孩子。她就包揽了全部家务，顺从丈夫宠爱儿子。

妈还说：你是老大，要让着弟妹……所以小时候分东西时，她总是最后拿，一直到现在。1977年恢复高考时，就是因为妈说：你是家里的老大，刚挣钱，别考了，把机会让给弟弟吧。她就高兴地听了妈的话，把上大学的梦寄托在了弟弟身上。现在弟弟真的有出息了……

妈一次次探进头来，贼似的传递消息：强子说虾仁腥……强子嫌汤淡了……强子说……强子……她感到晕眩，身子贴紧水池，手不住地哆嗦，嗓子眼发紧，眼前一片黑云。她眨眨眼，觉得这片黑云一直跟着她，在她很小的时候，在她还浸泡在羊水里蜷缩着做梦的时候，在……那片云越来越大，变成了一块大石头压下来。她感到憋闷，感到有一股液体从眼角挤出，一滴滴，滴在洗了半截的锅铲盆勺上。

她用手撑着水池沿，眼前一片漆黑，她想把那块大石头掀翻，这块大石头压了她几十年，压着她做妈眼中的好女儿、好姐姐、好媳妇、好母亲……

她始终没有把那块石头掀翻，那是妈妈的支撑，是妈妈活在世上的凭靠。她照常去妈妈家……

逃　离

那天，对 16 岁的方小冉来说没有什么特别。天边的云彩像魔术师手里的道具，变幻着各种图案，霞光贴在浓绿的树冠上，钻过缝隙涂抹着她的脸，她笑着和吴嫂走在校园的小路上，准备回家度周末。

就是吴嫂的一句话，一句"我们先上商厦逛逛吧"，就把她带入了痛苦的深渊，让她心中那座美丽的大厦轰然倒塌，让她心如刀绞。

那时她和吴嫂正站在商厦的扶梯上，心像四月天，举目观望。突然她看见爸爸站在旁边的扶梯上，刚想喊，又停住了。因为他看见爸爸正侧头和旁边漂亮的女人说话，样子很亲密。那个扶梯往下运行，她这边的扶梯往上走，在两个扶梯相错的那一刻，她分明看见爸爸的手搂在那个女人的腰上。她急忙对吴嫂说：嗨，你先上楼去吧，我有点事，一会儿去找你！说着，下了扶梯就往下跑。她要追上爸爸，看个究竟……

方小冉看到了一切，她被爸爸和那个女人的举动惊呆了。爸爸怎能那样，爸爸在她眼里是那么神圣，爸爸只属于她和妈妈！她没心思再去找吴嫂了，她疯了似的往家赶。她要告诉妈妈。

方小冉到家后，妈妈还没回来。她突然感到，这个她每周都盼着回来的家，很空寂，甚至冰冷陌生。她开始第一次在每一个房间里认真地巡视，客厅、厨房、厕所，一处一处地看。她站在爸妈的卧室里久久不肯离去，她已经 15 岁了，是一个大姑娘了，她渴望爱情，觉得那种让她心跳、慌乱的东西特美好，特神秘。她幻想将来遇到一个像爸爸一样的男人，可世界上哪有爸爸那么好的男人啊！爸爸那么优秀那么爱妈妈。今天，当她看到爸爸搂着那个妖艳的女人心花怒放时，她惊呆了，她反复地在心里问这是真的吗，这些电视剧里的情景怎么会在我家上演。

方小冉站在爸妈的卧室里看着他们相拥着满脸灿烂的照片，第一次怀疑爱情，质疑世间还有什么是真的。她为妈妈感到屈辱和悲哀。

方小冉本想告诉妈妈她看到的一切，可当妈妈走进家时，她怎么也张不开口。她为爸爸生气，为自己生气，好像自己做了对不起妈妈的事。她跑回自己的房间把脸埋在被子里，任眼泪肆意流淌。

晚上，方小冉推开妈妈卧室的门，探着脑袋问：妈，睡了吗？

妈答：没有，哪能睡这么早啊！妈妈往床里挪挪：来，进来啊！你这丫头，今天怎么了？

方小冉躺倒床上，搂着妈问：妈，爸怎么还不回来啊？

妈叹着气：哎，有应酬呗，也不知道又应酬到几点！怎么，想你爸了？

方小冉答：嗯，也没有，就想和他聊聊天。她发觉妈妈一点都没对爸爸起疑心，心里难受。她假装高兴地调侃道：妈，你可看紧我爸，我爸那么帅，要是哪天春心荡漾，在外面养个小三儿，你可怎么办呀？

妈妈脸一沉：别胡说，你爸怎会养小三儿！瞬间妈又尴尬地笑道：哈哈，你爸要是有本事养小三儿，我就给他敞开大门迎接！

方小冉心猛地一揪：哎，我的老妈呀！说得好听，我就怕你们到时候打得鼻青脸肿！她一边想着，一边跟妈道别，走回自己房间。

夜里，方小冉正躺在床上翻烙饼，听到爸爸回来了。她翻身跃起，耳朵贴紧房门。

爸说：哎哟，吓我一跳，怎么还没睡啊？

妈说：嘘嘘，小声点，别吵醒小冉。

爸说：你先睡，我洗个澡就过去。

……

方小冉悄悄地走出卧室，站在爸妈的卧室外，听着他们的谈话——她震惊了。她想冲进去质问他们，但她没有，她替他们羞愧。恶心，太恶心了，她像吃了无数只苍蝇，恶心得想吐。她过了好一会儿才让自己平静下来，然后蹑手蹑脚地走回自己房间。

天亮的时候，方小冉的书桌上放着一封信，晨曦中信纸上的字像根根钢针直刺爸妈的心窝——方小冉离家出走了。

原来，方小冉妈知道他爸外面有女人。那个女人是她爸的老板，她爸妈合谋算计女老板的钱财。

玻璃心

屋内沉闷昏暗，她蜷缩在沙发里，闭紧双眼，思绪在空气中飘游。

邻居的关门声把她惊醒，她伸直了耳朵，随着渐渐远去的脚步声，紧揪的心才慢慢放松下来。

她得了抑郁症，沮丧、惶恐、焦虑折磨着她，让她生不如死。

她自杀过两次，与天堂擦肩而过。她想，可能上帝也不喜欢我这种成天哭哭啼啼的女人吧！

她懒得洗脸、刷牙，每天蜷缩在黑暗中，心揪得难受，害怕灾难会随时降临！

"丁零零"电话铃声响起，她扑向电话，哆嗦着抓起听筒。

"嘿！你怎么回事？玩消失吗？告诉你啊！星期天上午11点，老地方，同学聚会。"电话里叽里呱啦一通咋呼，挂掉了。

她拿着听筒，头蒙蒙的。

过了许久，她才想明白，电话是王秋燕打来的，要同学聚会。

"我去不去呢？真不想去。他一定会去吧？要是不去……去……穿什么呀？"她想得头疼，像要爆炸似的。

下午，她好些了，开始找聚会穿的衣服。她已经很久没有翻整衣柜了。一件烟色短袖背心和一条白色亚麻长裤，她竟穿了一个多月。

她找出一件黑色无领短袖背心、一条灰底蓝花棉麻长裙，还有一双平跟灰色皮鞋。聚会总是要跳舞的，她要穿裙子。

"还是不穿袜子吧！"她夏天从来不穿袜子，看到有些女人露着短袜紧箍出腿腕的肉，她就想笑。

星期天上午，她特意把早上吃的药往后推迟了两小时。她要把自己一天最好的状态放在聚会上。

11点10分，她微笑着推开包间的门。心却慌慌的，跳得难受。

"嗨，你可来了！"

"就差你了！"

"哎哟，想死你了！"

几个女同学嚷嚷着围了过来。沙发上，坐着的几个男生也站了起来，微笑着朝她打招呼。

"哎呀！你的手怎么这么凉呀？"爱咋呼的王秋燕又咋呼开了。

"我……我……"她不知道怎么回答。她有点害怕，手在微微颤抖。她感觉到了，远处有一双眼睛关注着她。

她走过去，和男生们夸张地握手、寒暄、打着招呼。

"嗨，你变化可真大呀！"一个男生摇着她的手，笑道。

"变老了吧?"她随口问道。

"不老，就是长大了！"

幽默的玩笑引起一片笑声。

她碰到了那双手，那双既熟悉又陌生的汗津津的手。她感到了那双手在发抖，她有些晕眩。她从那双眼睛里看到了惊讶和怜悯，她迅速地抽出手，微仰着头，微笑着向另一个男生走去。

此刻的她是敏感的，那颗惊恐和自卑的心极容易受到伤害。她知道自己有病；知道自己老了，憔悴了。她后悔让他看到了自己这副面容。她们相好的时候，她就想过：以后如果分手了就不再见面，万一相遇，自己一定要落落大方，一副光彩照人的模样。

一直到吃饭，他都没和她搭上话，他感觉她在躲避他。他和她相好过。他人到中年，事业有成；她安静，文雅，人虽然长得不太漂亮，但有一种不俗的气质。他们相互欣赏，相互吸引，吃了几次饭，就想天天见面，见不着就煲电话粥。牵肠挂肚，揪心裂肺的煎熬。后来那种事就情不自禁地发生了。再后来……就不再来往了。

吃饭的时候，她就坐在他的对面。她一会儿低头吃饭；一会儿微侧着头与左右聊天。她很少说话，大半时间是微笑着点头或专注地倾听。那种优雅和自信是她特有的！

他知道，她是刻意这么做的。他在那种伪装的从容中看到了自卑和胆怯。他是了解她的，在他们的肉体紧紧交融在一起的时候，他们的灵魂也深深地、赤裸裸地碰撞着。他曾触摸到那颗敏感和脆弱的心，它是极易破碎的。

她知道，对面有双眼睛在观察自己。她假装轻松快乐。她不允许自己在他面前露出沉沦与不堪，"我绝不能让他可怜！"想着，她又挺直了腰。她的心底里却痛苦难耐，她巴望着聚会快点结束，恨不得马上离开这帮人。她盘算着，要找个理由离开。

"对不起，我先告辞了，我有点事要办，你们慢慢吃啊！"她一边大声地道别，一边迅速地站起身，微笑着向门口走去。

此刻的她挺直了腰板，昂着头，步态缓慢而沉稳。只有他看得出她的举动有些突然，像逃似的溜掉了。

他知道她。不去惊扰那颗心，才是对她最好的帮助。

（本文发表于《小说合集》）

坐过站

苏蕊站在公交车的后门口，回头看了一眼低头耷脑的男朋友肖潇，气不打一处来：哎，怎么像个花花公子！应个聘，就那么难吗？

苏蕊和肖潇恋爱了两年，刚大学毕业，今天是去一家公司应聘。

肖潇是本市人，爸妈都在国外工作，他从小跟爷爷奶奶长大。爷爷奶奶是老知识分子，对他很宠爱。

苏蕊来自西北的一个小山村。家里有两个弟弟，她们那边是不供女孩子读书的，但因为她从小学习很好，爸妈才供她读完了大学。所以她上大学一直勤工俭学，学费基本是自己挣的。现在毕业了，她想找个好工作，帮助爸妈养家，供弟弟读书。

肖潇不急于找工作，他还沉浸在毕业的狂欢中，留恋着觥筹交错。他还要去西藏、去非洲旅游。工作嘛，玩够了再说。

今天一大早肖潇就被苏蕊叫醒，来挤公交车。被迫跟别人前胸后背地亲密接触，让肖潇很郁闷。所以他要气气苏蕊，故意在后面磨蹭。

苏蕊喜欢肖潇不只是因为他优越的家庭，还有他桀骜不驯的性格和嘴角那抹傲视一切的浅笑。

肖潇看见苏蕊回头望他，装作毫不在乎。这小丫头文雅恬静，很让他喜欢。就是太要强，太自尊了！干吗偏要心急火燎地找工作啊？我的钱不就是你的吗？想着他笑了，向四周望去。

车到站了，苏蕊被拥挤着下了车。回头找肖潇，才发现他没下车。奔向车门，车已经启动。她急得跺脚，心里骂道：该死的，今天你玩大发了。看我怎么整治你！

苏蕊边往招聘公司走边拨打肖潇的电话，他就是不接。

算了，爱接不接！苏蕊索性不打了。

苏蕊应聘很顺利，面试—填表—考试，最后她被人事部主管带到总经理办公室进行最后面试。

总经理正在打电话。苏蕊和人事主管坐在外面的沙发上等候。她环顾四周，心里激动不已。这里很气派，她被聘为总经理秘书，谈好的工资也挺高。这下她可以让爸妈高兴了，可以让他们昂着头的对村里人讲，他们没白供女儿上大学。

突然手机响了，是肖潇的号码。苏蕊赶紧接听：你是苏蕊吗？我们是公安局的。你男朋友受伤住在医院，请你马上来一趟。

苏蕊起身向门口跑去。人事主管的话"嗨，总经理叫你进去！你还要不要这份工作了"，像风从她身边飘过。

　　苏蕊跑出公司，飞奔到马路边，上了一辆出租车。

　　苏蕊不住地求司机师傅开快点！快点！再快点！她的脑海里全是肖潇的影子。她看到他一脸灿烂，嬉笑着说：做我女朋友吧！我喜欢你！她看到他一身霞光，在篮球场上奔跑跳跃；她看到他在辩论会上诙谐幽默、机敏争辩。

　　此刻肖潇正躺在医院的抢救室里。两个小时前，他正要下车时，看到一只手伸进了前面那个女人的背包。他一把抓住那只手，嘲讽道：哥们，你的手放错了位置。话一出口，他感到背后挨了一刀，撕心裂肺般疼……

　　苏蕊冲进病房时，肖潇已经清醒，正冲着她笑。

　　苏蕊飞奔过去，扑向肖潇……

烟花寂寞

　　沙鸥开车来到婆婆家楼门口时，天已经大黑。儿子正带着表弟、堂妹放鞭炮。

　　胆小的堂妹正躲在大树后面，探着头，捂着耳朵，蹦着脚喊：点啊，快点啊！她突然看到舅妈的车开过来，赶紧伸着手喊：停，停，别放了。舅妈来了！那样子好像要用手把正在吱吱冒火星的炮捻子拍灭。

　　嗖嗖，砰，啪！花炮瞬间钻上夜空，随着噼里啪啦的炸响，五彩缤纷的火树银花铺满了夜空，像孔雀开屏般展现着美丽晶亮的羽毛，然后缓缓谢幕，飘落下片片如雪的碎屑。

　　孩子们顶着飘落的碎屑，飞跑到沙鸥身边，抢过沙鸥手中的大包小包，簇拥着她说笑着往楼里走去。

　　屋里很热闹，几个大人在打牌，婆婆的脸上堆满了菊花；公公眯着眼晃着头跟着电视里的花脸哼唱；丈夫正在厨房忙着年夜饭，鱼肉的香味穿门过堂弥漫了整个家。

　　沙鸥刚给众人分送完礼物，手机响了，是王倩打来的。沙鸥按了接听，喂，王倩，你怎么失踪了？你……沙鸥边说边向阳台走去。

沙姐，我在医院，我想见你。

好，我马上过去。你在哪家医院？

肿瘤医院，你来吧。我让秘书在门口接你。

肿瘤医院！沙鸥大脑一片空白，她冲进客厅胡乱地翻找。

儿子问：妈，你找什么呢？

包，我的包呢？沙鸥继续翻找。

嗨，嫂子，这不是你的包吗？小姑子从门后的角桌上拿起包，递给沙鸥。

谢谢，我先走了，你们吃饭吧！沙鸥抢过包，往门口跑。

儿子的声音追来：妈，你干吗去呀？

沙鸥停住脚步，流着泪：你王倩阿姨病了，在肿瘤医院！

儿子愣了一下：啊，你走吧！

沙鸥跟着秘书穿过花园，沿着小路往 VTP 病房走。她边走边问：王总的病确诊了吗？

确诊了，乳腺癌晚期。

晚期？沙鸥一阵晕眩，心撕裂般疼痛。

沙鸥走进病房时，心，一阵冰凉。病床上的王倩苍白清瘦，向她伸着干枯的手：沙姐，你来了。

沙鸥疾走几步握住那手，泪水奔涌而出。没事的，没事的！沙鸥哽咽地说着，此刻，她恨死自己了，为什么忍不住，偏要哭啊！

沙姐，我真想你啊！

你怎么不早告诉我啊？

我不想让你跟我着急，我最难的时候都忍过来了。可今天我实在忍不住了，我特别想你。

你别害怕，姐陪着你，我们一起面对！

姐，我不怕，生死我都想开了。刚知道病情的时候我害怕得要死，我反复问自己，为什么？为什么偏是我？

你是累的！沙鸥脱口而出，话说出口有些后悔，顺手拿起桌上的水杯，递给王倩：喝点水吧？

王倩摇摇头：不，我不喝，你说对了，我是累的。自从被老公抛弃，我就拼命挣钱。我曾发誓要让他后悔；让儿子过最好的生活，受最好的教育。可有钱了，又想挣更多的钱，得到更多人的认可。我进入了一个自我毁灭的怪圈。欲望的绳索拽着我一直往前奔。往前奔的过程艰辛而痛苦，有时候像在地狱里煎熬。为此我精神紧张焦虑，我不得不喝酒、抽烟、熬夜、饮食无规律。王倩朝沙鸥自嘲地笑道：你说我不得癌症谁得癌症啊？

沙鸥握紧了王倩的手：你很成功，你把公司经营得那么好，还把儿子送出国读书，又给父母买了别墅。

王倩摇摇头：我好失败啊！作为女儿，老爸走时我没见到最后一面，把80多岁的老妈丢给弟弟，很少看望；作为母亲，我让儿子6岁就上寄宿学校，13岁到美国留学。

沙鸥问：儿子过年没回来？

王倩答：没回来，说是到非洲旅游去。

沙鸥问：你病了也没告诉他？

王倩摇摇头。

沙鸥说：你应该告诉他。

王倩说：在给你打电话前，我特想他，我拨通了他的手机，我说，今天是年三十，妈妈特别想你。你猜他说什么？他说，想什么想，哪个年三十你不是自己过的？今年，你还自己过吧！她眼里含着泪水，补充道：不怨他，他可能正忙！

"砰！啪！"窗外绚丽的礼花把夜空照亮，沙鸥拥抱住王倩，泪水夺眶而出，爆竹声中她的声音是那么微弱：是啊，他正忙呢！

大槐树下

矿石厂内的办公室里，喝得半醉的段麻子望着手里的借条眼睛眯成了一条缝，嘴角咧到了耳根。嘿嘿，明天，明天这块风水先生掐算过的吉宅福地就归我了。我盼了五年啊，明天我就可以随心所欲地处置那几间破房子，我要把它推平，盖一座光宗耀祖的宫殿。

段麻子举起纸条对着挂在窗户上的日头晃着，盼着日头一下子就晃到山后，再从山后晃出来。

矿石厂外的大槐树下，他抹去脸上的汗水，大口地喘着粗气。阳光从树叶的缝隙间穿过洒下琉璃的光影，光影中他仿佛又回到了四年前的那个夜晚。

四年前给父亲办完丧事，他坐在昏暗的老屋里愁眉苦脸。妈走过来递给他一万元钱：明早你就回学校吧，家里的事你不用操心。

他问：哪来的这么多钱？

妈答：借的。

他问：借谁的？

妈说：村头，矿石厂段麻子的。

他埋怨道：你怎么能借他的钱呢？

忧愁在妈黝黑的脸上挤出细密的褶皱，唉，不借他的，能借谁的啊？妈说着递给他一张借条。借条上写着，他们家借了段麻子三万块钱，连本带利共四万块，五年还清，到期不还，用老屋抵债。

纸条上的手印殷红，像妈的血。他心揪得疼，哀求道：妈，我不上学了，我们不能借钱啊！

妈说：那怎么行啊，你爸每天上山采药，为的就是供你上学。前些日子从悬崖上摔下来，快死了也不让告诉你，怕耽误你学习。他临咽气时，拽着我的手说：告诉娃，怎么难也要把大学念完啊！

妈把钱塞给他：拿着，给你爸治病，办丧事花了好多，就剩下这么点了。娃呀，妈知道你在外面不容易。可妈，帮不了你啊，以后全靠你自己了！

那天夜里他一直没合眼，黑暗中爸妈的身影交替闪现，那佝偻的背影，那长满老茧的双手，那期待的目光叠加聚集成一块巨大的石头，压向他，压得他喘不过气来。天没亮，他就低着头，急匆匆溜出了山村。

现在他回来了，他整整衣襟，抬脚向矿石厂那扇铁门走去。

段麻子好生奇怪，眼前什么时候晃出个大活人来。他睁着迷离的眼睛，问：你，你是谁？

我是这张借条的主人！

你，你是……

这是四万块钱，你数数吧。没等段麻子说完，他已把一叠钱拍到了桌子上。

段麻子目瞪口呆，麻脸变成了猪肝色，干笑道：没想到，没想到！真没想到啊！……哈，走累了吧？来，喝两口，喝两口。边说边把手中的纸条往衣兜里塞。

别废话，把钱收了，把借据还我！他像个得胜的将军，一声大喝吓得段麻子浑身哆嗦，借条掉到地上……

四年前他刚读大一，他回校后不仅发奋读书，还用课余时间当家教，给快餐公司送盒饭。毕业后他以优异的成绩考进一家大公司，在公司里他不分昼夜地工作，为公司开发了两个软件。年底公司给了他 10 万元奖金，还提拔他做了部门主管。

现在他回来了，他要把债还清，把老屋保住。他这次回来就不走了，他要把老屋修缮好，在老屋后面的山上建一个生态园林，种很多树。

他走出矿石厂那扇铁门，站在大槐树下，望了望前面的街巷，从兜里掏出那张借据，撕得粉碎，挺直了脊背，大踏步向老屋走去。

一把手

邵萍今年48岁，是副局级干部，任S饭店总经理。最近正托人活动，想回部里享清福。

S饭店自从4年前重新装修后，一直不景气。两千多万的贷款和拖欠装修公司老赵一千来万的费用，压得饭店喘不过气来。

前两天，一个老朋友找到邵萍，请她帮忙。老朋友的儿子想收购S饭店，已经上下活动，并注资老赵公司一千万，要老赵配合收购计划。

邵萍很了解老赵，老赵和饭店的几个高层很熟，所以老赵才没有成天追着她的屁股要账。但，老赵要是玩起花活来……

老赵动作真快，九点刚过，一伙人就闯进邵萍办公室，他们打毛衣、玩游戏、喝水、吃饭，从容不迫。扬言：我是要债的，我又没犯法，你能把我怎么样！

最让邵萍恼火的是，她为了躲避这帮要债人的骚扰换了好几次办公室，却每次都被他们找到。邵萍清楚，饭店里有内奸，她必须谨慎。

　　紧跟着法院又来了传票，饭店要在 15 天之内提出答辩状。当总办贾主任向邵萍汇报这些情况时，她烦躁地问：饭店的法律顾问怎么说？

　　贾主任鹦鹉学舌的回答：他说，对方证据充足，事实清楚，我们应该是输定了。他建议我们找老赵谈谈，最好和老赵协商解决。如果真的没钱还，可以和老赵协商把债权变成股权。

　　邵萍感叹：协商解决，要是能协商解决，老赵就不这么闹了！再说，债权变股权也不是咱们说了算的，那得上面点头！

　　贾主任问：那，我先给老赵打个电话，探探他的底线？

　　邵萍点头，打吧！

　　电话通了，贾主任按的免提。

　　唉，赵总，你派人天天到饭店来闹，太不够意思了，我们又不是有钱不还。贾主任一副公事公办的派头。

　　嗨，嗨，我先声明啊，那些人可不是我派去的，那是因为我没钱给他们开工资，他们自己组织的。我也是刚听说，没办法，他们要养家糊口！他们在我这折腾得更凶，把我办公室都砸了。你说我怎么办？报警吧，没用！大不了关他几天，可他出来后，会和你拼命！他烂命一条，他怕什么？想想不值得，算了！老赵的话，软硬兼施，让你急不得，恼不得。

　　我说赵总，我们已经接到法院传票了。何苦呢？偏要闹到法院！贾主任赶紧提传票的事。

　　唉，我也是没办法，都没米下锅了，顾不了那么多了！其实我的律师提醒过我，别赢了官司输了市场，丢了买卖，得罪了朋友！我想，不会的。我是跟饭店打官司，又不是跟你们个人过不去，跟你们邵总过不去，你们邵总会理解的。嘿，他好像知道邵萍就在旁边，成心说给她听。

这样吧，赵总，我们找个时间谈谈，看看是否能协商解决。

协商解决也可以，但，我现在就想要钱，你们要是不能现在还款，一切免谈！老赵语气强硬，没得商量。

可我们不是不还，我们现在是真没钱啊！

钱你们可以有，不行把饭店卖了，钱不就有了？

哎，你……贾主任话没说完，那头电话挂了。

邵萍看着贾主任，一脸无奈：好了，你尽力了，明天开个会，听听大家的意见。

第二天上午邵萍把几个副总招呼到 5 号会议室，让贾主任汇报了昨天和老赵通话的情况。然后说：我希望你们谈谈自己的看法，出出主意，不要有顾虑，有什么说什么。你们有什么好的建议，成熟的不成熟都可以提出来，畅所欲言。

刚开始，几个副总还很谨慎，渐渐地他们被邵萍一反常态的面带微笑和点头赞许鼓舞，越说越兴奋，越说越没把门的。有的提出引进外资，有的提议出让股份，有的提出干脆把饭店卖掉，卖掉了，大家彻底解放。我们都是部里的在册干部，可以回部里。不想回去的，留下来工资可以翻番，干起工作来也畅快。不像现在，有的老职工像大爷，动不动就到部里告状。

　　几个副总信口开河地说着，贾主任一句不落地记着。会后，邵萍让总办主任把会议记录稍作整理附在她给局长写的《关于饭店经营状况及一些设想的报告》后面，立刻送交局长。

（本文发表于《小说合集》）

棋　子

俗话说运气来了挡也挡不住。

今年，人事副总苏萍正验证了这句话。年初，人事部经理升任副总，苏萍从劳资主管直升人事部经理。不到半年，人事副总突发疾病去世，苏萍又升任副总。

苏萍感到冥冥之中有一只巨手把她由地面推到了云端，腾云驾雾的感觉真美啊！

苏萍在千姿百态的彩云中没有迷失，她知道那只巨手是总经理游总，她要感恩，要用百倍的努力报答游总。

半个月前，游总和苏萍长谈了一次。最后游总说：饭店的现状就是这样，六百多名员工要养，几百万的能耗要供，再加上贷款债务，步履维艰啊！你考虑考虑，按刚才谈的，拿个方案上来。

苏萍忙活了一周，把一份报告交给了游总。交完报告苏萍一直处在亢奋中，盼着报告早日批下来。报告一批下来她就要付诸行动为游总赴汤蹈火，辅助游总修复这条千疮百孔的老船（游总这么形容饭店），使之在游总的掌舵下重新起航，奔向一个又一个灯光璀璨的港湾。

游总看了报告很满意，但也忧心忡忡，报告中关键的两条是一颗重型炮弹，会把饭店炸开锅。特别是第二条：饭店全体管理人员要重新考核竞聘上岗，没聘上的另行安排工作。对重新安排的工作不满意者，待岗，月工资按本市最低工资标准发放。就这一条非让那些老职工跳着脚骂他的八辈祖宗不可。

他并不怕骂，他怕的是这帮人背后的势力。他是部里的副局级干部，正想调回部里过安静日子。要是这时候惹出点事来，后果不堪设想。所以他想先放放风，看看反应。

游总清楚，饭店里藏龙卧虎，即使称不上龙虎，也是虎的三姑六婆。果不其然，他刚吹过风，老领导就来了电话，表面上关心他最近的工作，实际是暗示他谨慎行事，得过且过，别招惹麻烦。

上午局长又召见他。

他走进局长办公室时，局长正站在高大的玻璃窗前背手眺望。坐吧！从局长的声音里他捕捉到了紧张气氛，猜到了要谈的内容。

你看看这个。局长指着桌上的一封信开口。

他看着信，心随着信的内容逐渐缩紧，脸上仍平静如水……

局长不等他看完，已经开口：这封信落款是广大群众。群众是什么，群众是水，水能载舟也能覆舟啊！你和苏萍那些乱七八糟的事也可能是捕风捉影……唉，苏萍的作风问题咱先略过。就这贪污受贿的经济问题，要是真的存在，你我的责任可不小啊！我们是怎么把的用人关呢？

局长跟他谈了两个小时。大概意思是：我们是共产党员，是为人民服务的，人民是得罪不起的！企业要搞好，利润要上去，但稳定是最重要的。暗示他：听说这帮人要到部办公楼静坐，这帮人要是闹起来，你调回部里的事情不仅泡汤，好容易提上的副局级，也悬！

最后，吴局长指示：先把苏萍停职，给群众一个姿态。把事态稳住，再慢慢调查，什么时候调查清楚了，再酌情处理。

此刻，游总阴沉着脸，眉心紧蹙，斜倚在沙发上一根接一根地吸烟。他50多岁了，想把这条破旧老船修补好交给新的舵手，再回到局里享清福。所以他才让苏萍拿个计划。苏萍的计划如能实施，这条船还真能起死回生。他对苏萍很了解，当初他力排众议把苏萍从主管的位置直升到部门经理，就是看重她的人品和能力。苏萍也没让他失望，减员增效—全员培训—重整规章—严抓执行，件件干得漂亮。现在，这枚卒子正要过河，就这么输掉？太可惜了！

游总猛吸一口烟，吐出一个大大的烟圈，袅袅的烟雾中浮现出苏萍漂亮的脸蛋。这张脸，曾让他想入非非。他试探了几次，人家没那个意思，就撂下了。心想：嗨，来日方长吧！可现在，鱼没吃到，惹了一身腥。唉，人言可畏啊！

　　游总又吸了一口烟，深深地吸了一口，吐向空中。眉心随着四散的烟雾渐渐舒展。他狠狠地把半截烟捻灭在景泰蓝烟灰缸里，随手抓起电话……

　　苏萍停职的第九天，游总又被局长请到办公室，商谈重用苏萍的方案。游总心里有数，谁都是一个棋子，局长也不例外。

一条蛇的奇遇

"嗯——呐"，我伸了个懒腰，打了个长长的哈欠，眯起眼睛瞄向洞口。耀眼的阳光从石缝中钻进来，微风吹进青草的味道。我皱起鼻子，嘶嘶，哟，口水从我嘴边流出。啊，春天来了，我该去玩耍了！

哈哈，你知道了吧，我是一条蛇，我刚从美梦中醒来。

我拨开堵在洞口的石头，扯去保温的枯草，探出脑袋，哦，一大片野花，紫的，黄的，太美了！嗖嗖，我飞奔过去。

哗……我还没站稳，一个小女孩落到了我的身边，她揉揉迷瞪的眼睛惊讶地环顾四周，叫道：哎呀，我真的穿越了！这是一片森林？是林中一块长满荒草的坑洼地。我该怎么走啊？

花丛中传来说话的声音：咦，我知道她。她是 21 世纪的女孩，她厌烦了时尚嘈杂的都市，想穿越到唐朝。

是花神在说话，尽管她把自己打扮成平民的模样，穿一条紫色的裙子，也逃不过我的眼睛，她有穿透万物的神力，她无所不知。

我缩起身子把自己隐藏在草丛中，我穿了一身绿衣服，和身边的小草一样绿。哈哈，她看不到我，我要把自己隐藏好，先弄清情况再说。

我看到小女孩攥紧手，在空地上不停地走。她停下来，沉思了一会儿，向一片桦树林走去。我知道树林中有一条大路，大路的尽头是大海。海边有一个小渔村，那里安静美丽。房子是用木头、茅草和泥巴搭建的；小狗趴在栅栏旁打盹，孩子们在旁边玩耍，晾晒的渔网闪着金光……

我想着，想着就犯迷糊了，在我快睡着的时候，花丛那边一个尖细的声音叫道：看，她回来了！

另一个声音说：她可能是走累了。

花神说：她厌倦了没完没了的树林，她以为她选错了路，其实她已经触到了海的湿润，海风已经把她苍白的脸，染了颜色。唉，她最喜欢大海了，小渔村很适合她啊！

唉！我旁边的小草摇头叹气。

我抬头看小女孩。她徘徊了一会儿，向相反的方向走去，那是一片灌木，她边走边拽树上的枝条，偶尔还摘一两片嫩叶把玩。

花神说话了：灌木的后面是一片沙漠。小女孩很喜欢沙漠，她总想感受大漠戈壁的苍茫，她觉得只有大漠的寂寥宽阔才容得下她奔腾狂野的心。

我旁边的小草直摇头：沙漠，哟，太可怕了！它伸长了脖子望向小女孩走去的方向。

我很想对小草的言论表示赞同，咽咽唾沫还是忍住了。

快看，回来了！洼地里热闹起来，大家议论纷纷。一只站在柳枝上的麻雀叫道。回来了！回来了！怎么了？怎么了？

花神说：她被火辣的日头和满天的风沙吓坏了，她不知道，再往前走一点就是一片绿洲，那里溪水潺潺、鸟语花香。

小草叫道：嗨，我说对了吧。沙漠根本不适合她，看她那惨样！

我看到小女孩坐到一块大石头上，脸上的汗珠冒着热气，手脏兮兮的。她环顾四周，眼里一片茫然。坐了一会儿，女孩起身，朝右面的土路走去。我知道那条路通向江南水乡。

我身边的小草拽了一下蒲公英，说：嘿，这次她选对了，那里的小桥流水、亭台楼榭最适合她娇柔、温婉的性格了。

蒲公英说：适合，是适合，就怕她走到半路又往回折。

小草说：是啊，就怕她没耐心。

唉，不管她了，我困得眼皮直打架，先睡个午觉吧！我很快进入梦乡。

我醒来时，太阳公公已经落到北面的山头上。蒲公英还没睡醒，小草喃喃地说着梦话，桦树拖着瘦长的身影。

我看到小女孩从对面走来，一步一挪，脸色苍白。她跌坐在草地上，呆呆地望着前方。那样子，好可怜啊！她怎么又回来了？我喊出声来。

花神说：她被路上纷乱的马车、人流弄得脑仁发疼，不知所措。

我们的谈话吵醒了午睡的伙伴，洼地上又热闹起来，大家都替小女孩着急。天快黑了，女孩一动不动地坐着，一脸茫然……

我急了，我嗅到了危险的气味，小女孩再不走就晚了！我一点点蹭到小女孩脚边，甩动漂亮的尾巴，拍了一下她的脚腕。小女孩被我惊醒了，扭头察看。哈哈，她没发现我。我怕吓着她，尾巴藏得飞快。

小女孩站起身，环顾一下四周，向刚返回的那条路走去。

我看到了女孩的眼睛，眼神明亮坚定。

苦 笑

　　庄紫烟从办公室出来，走下旋转楼梯，绕过水池绿植，站在一层大堂的雕花回廊旁，环视四周，脸上挂着自信满意的微笑。她是这里的主宰，前厅部经理。

　　20 年前这座饭店开业时她是前厅部领班，当时她刚怀孕，为了工作她瞒着丈夫做了流产手术，没想到那次手术，损伤了子宫内膜导致输卵管阻塞，致使她终身不孕。为此，丈夫和她离了婚。

　　庄紫烟把这里当成了家和自己的孩子，她为这里倾注了全部心血，从穹顶上垂吊的巨大水晶灯到墙壁上精美的壁画；从水池旁青铜色雕像到咖啡厅门口高大的幸福树，随处都嵌刻着她的痕迹。

　　"庄经理，张总让你去他办公室。"总办秘书朱珠不知道什么时候来到了她身边，笑着说道。

　　"啊？"庄紫烟从遐想中被朱珠唤醒，一脸茫然。

　　"现在就去，张总在办公室等你。"朱珠提醒。

"好，我这就去。"庄紫烟来了精神，快步走向电梯。

"张总好！"庄紫烟推开 8 层总经理办公室门时，张总正站在窗前沉思，听到问好，转过身做了一个请坐的手势："啊，庄经理，请坐，请坐。"随后他忙碌起来，沏茶倒水。

"谢谢。"庄紫烟顺势坐在正对着张总办公桌的棕色皮沙发上。

"来，尝尝我的普洱，一个老朋友刚送的，十年以上的特级普洱。"张总把一杯茶端到沙发前的茶几上，"据说这种茶很有讲究，茶汤的颜色浓红明亮，清澈见底，香味浓郁，口感甘甜者为上品。以前北京人不大认它，去年云南的马帮进京，120 匹马历时 6 个月，打着'马帮茶道·瑞贡京城'的旗帜，千里迢迢，风餐露宿，历尽艰辛，驮着上等的云南普洱茶在我们的马连道一露头。京城的茶界就沸腾了，喝惯了茉莉花茶的老北京，就迷恋上这产自云南高山坡角的普洱茶了！哈哈，你说神奇不？"张总放声大笑。

庄紫烟端起杯子品了一口茶，应和道："嗯，是有一股甘甜的味道。"她根本没喝出什么甘甜，只是随口应和罢了，这是礼节上的需要。她和张总一块工作了 20 年，知道他的脾气，张总今天的表现让她琢磨不透。张总请她品茶，又闲聊似的说了这么多，显然是在为下面的谈话营造气氛，莫非张总有什么话不好说出口？庄紫烟思索着。

"嗯，庄经理，我们几个研究了，调你到工会去工作。"他看了一眼盯着他的那双疑惑中带着幽怨的眸子，赶紧说："明年莫主席退休了，你当工会主席。"

"那，谁接替我的工作啊？"庄紫烟虽然感到突然，但她立刻调整情绪，她的性格和职业习惯让她具备了遇事不惊的素质。

"嗯，你们那个刘丽，跟你学习一年了，也该到前厅部经理的职位锻炼锻炼了！培养新人嘛，我们不能总在前面拼啊！"张总发觉庄紫烟的表情变得僵硬，赶紧解释，"其实，节前就想跟你谈，考虑2007年工作总结很重要，怕刘丽应付不了，就搁下了。唉，再说，这也是上面的意见啊。"张总终于把要说的话都说出来了，感到轻松不少。

"好吧，什么时候交接？"声音里透着冰凉。庄紫烟明白这件事她不同意也没用，那样只能让自己难堪。特别是那句"这也是上头的意思啊"，明显地告诉她，刘丽上面有人，她必须给人家腾地方，这是早就策划好的。是的，去年刘丽由餐饮部主管调到她手下当副经理，张总也是这么跟他暗示的。刘丽也总是话里话外地跟同事显摆她局里有人。

"越快越好，下礼拜二吧，下礼拜二正式交接。"张总来不及考虑庄紫烟的感受，他没想到她会这么痛快地答应。他只顾高兴，想赶快完结此事，以免节外生枝。

庄紫烟从8楼回到二层办公室，悲愤已经把泪水挤出了眼眶，她锁紧门，任眼泪肆意流淌。她知道她迟早要从前厅部经理的位置退下来，但她没想到会这么突然，会是这么个退法。
她早就该预见到今天的结果，从刘丽的眼光里就应该看到。她
又想起了那双妩媚勾人的眼睛，苦笑爬上了嘴角。

面对死亡

云陪着爸坐在医院影像中心的休息厅里，等爸的检查结果。她焦急地望着门口，见儿子向她招手，赶紧迎了过去，问：怎么样？有事吗？

儿子把那张纸递给云：不好，肝上长了个东西。是恶性的，医生建议马上住院。云的心揪得生疼，慌忙地推着儿子，哆嗦着说：那就住吧！

不问问我舅他们啦！

问什么？我做主了！云掏出钱包递给儿子：赶紧去办住院手续，钱不够，你先垫上。

等爸住进病房，已经是中午了。云才想起通知弟妹。

大妹的单位就在附近，不一会儿就来了。云边跟大妹叙述看病的经过，边伸头向窗外张望，念叨：他俩怎么还不到啊？

大妹撇了云一眼，稳稳地说：我给她们打了电话，叫她们现在别来，先上班。晚上大家聚齐了，商量商量。她看云不解的样子，解释道：爸这个岁数，一查出这病，就没个好。怎么也得折腾几个月，甚至一年。大家不能都跟着折腾垮了，该上班还得上班。

云没接话，她不知道说什么；她弄不明白，大妹，怎么会这么冷静。她转过身对儿子说：你也先上班吧！晚上和你爸一块来。儿子刚转身，她又冲着儿子的背影喊：嗨，先吃点饭再去！

晚上家里人都来了，把病房挤得满满的。半躺在病床上的爸打着吊瓶，眼里闪着光亮，不停地催大家回去：嗨，我没事。云儿说了，就是这几天没怎么吃饭，身体太虚了，输两天营养液就好了。你们回去吧，明天还上班呢。

大妹跟弟弟嘀咕了几句，捅了捅小妹，冲云使了个眼色。大家会意，分别走出病房，找了一个僻静的地方，商量起来。

弟弟说：我刚才同大夫谈了，从检查的结果看，是癌。占肝的三分之二，手术是没希望了……

那做介入治疗啊！还没等弟弟说完，云就急着插话。

你先让哥说完。小妹白了云一眼。

弟弟接着说：是否介入治疗，我看，怎么也得和妈说一声，听听她的意见。

妈，能行吗？云迟疑地问。

我看妈应该没事，妈早有准备。大妹看没人接话，又说：关键是，爸这得有人盯着。我们怎么安排啊？

请个看护吧！给爸请个看护，白天夜里都有人照顾爸，我们才放心啊！小妹急忙插话。

看护必须请，钱我拿。但白天也得有自家人盯着点。弟弟思索着说。

这样吧，我一会儿去请个看护，这医院就有。今晚就让她顶着。白天大姐来，反正大姐也退休了。大妹胸有成竹地说。

大姐的身体受得了吗？弟弟看向云。

没事，我身体可好了！云急忙回答。

云半夜到家，望着前天才从爸家拿来的一大堆爸的手稿，泪水像断了线的珠子，一滴滴打在稿纸上。

手稿分成很多小捆，每捆都用废旧的线绳绑着。稿纸很杂，有的泛黄，有的灰白，有信纸，有打印纸，有包装纸，大多是他们废弃的作业纸，作业本皮的反面也让爸用来当稿纸了。几十年的写作啊，这么一大堆手稿，竟没有一张纸是专为写作买的！爸一生清贫，没有任何嗜好。喜欢写作，但从未发表过。她很后悔，后悔没早些给爸买些笔和纸。

云一夜未合眼，不到 8 点就去了街上的打印社，人家还没上班，她就站在门外等，一直等到 9 点。她和打印社谈好，要用最短的时间，把手稿做成书。她要给爸一个惊喜！

云到医院时，护士正在给爸抽血。另一张床上的老头不停地"嗷，嗷，哎哟"地呻吟。旁边的中年男人急着按床头上方的铃。给爸抽血的护士不耐烦地说：不用总按，一会儿就来！

云疑惑地看向爸的看护。看护靠近云，用手挡住半边脸，小声地说：这老头，昨夜才来，骨癌。疼了就叫唤，就得打针。云的心猛地一揪，唉，爸早晚会知道自己的病。

几天后，各项检查结果出来了，爸的癌已经扩散到脑、肺。大夫说：你们要有准备，老先生身体很弱，大概也就两个月了。

云忍着悲痛，除了跑医院就跑打印社。抽时间还要去看妈，陪她聊天。妈的头发突然全白了。

半个月后，书做好了。书皮是浅褐色的麻纹纸，封面左面是连绵起伏的高山和山下古朴的村落，右面是繁华的城市。村庄和城市，通过一片原野自然地融合成一幅水墨画。右下面是书名《我的故事》。云想：那袅袅炊烟升起的村庄是爸的故乡，那华灯高照的城市是爸工作和生活的地方。

爸捧着那本书，手微微颤抖，眼中滚动着泪水，说：云儿，谢谢！云的眼泪哗地涌了出来：这就是父母啊！云的记忆里，爸从来没掉过眼泪。

爸是10月底走的，云永远不想回忆爸走时的情景。那冰冷的仪器，那像蛇似的插管，是云刻骨的痛。买寿衣，把爸的遗体推进太平间，选骨灰盒，订花圈。那个漆黑可怕的夜晚，成了云想忘却深深烙在了心底的夜晚。

三天后，爸出殡。告别仪式来了好多人。亲属没有多少，大多是弟妹的同学、朋友、同事。爸生前根本没有见过他们。在他们满脸悲哀地围着爸的棺椁转圈时。云感觉怪怪的，爸生前卑微，死后却如此隆重。记得是谁说过：隆重不是给死者的，是给活者的，是活着的人的面子。

入殓时，妈让带去爸的一些衣物、被褥同时烧掉。说是让爸在那边有穿有用，别冻着。云还给爸带上了笔、纸、全部手稿和那本书。她想：在天堂里，有写作陪着爸，爸不寂寞。

几天后，爸爸的骨灰被安放在西山脚下的一个墓地，那是一个阴沉微风的上午，墓地周围清冷肃穆。

走出墓地，云突感灵光一现，好像身体里被注入了一股神奇的力量。

当天晚上，她坐在电脑前，文思泉涌，片刻就敲打出一篇散文，发到网上，好评不断。从此她迷上了写作。

吴燕的快乐生活

吴燕提着两大包东西站在沃尔玛超市门口跺脚。

吴燕妈扭着腰肢踱到她的身边。

"哎哟，看您这不情愿样。给，快去啊！"吴燕把东西塞给妈，扭头想走。

"嗨，你等等！"

"干什么？"

"唉，我说你啊，你自己贴脸贴屁股地伺候，怎么还把你妈给搭上了？"

"哎哟，我的妈呀，我这不是忙不过来了吗？谁叫你是我亲妈呢。"吴燕说着搂过妈，"吧"对准妈的脸亲了一口。

"去去，没正形。走吧！"妈笑着推开吴燕。

"那好，我走了，您可悠着点，别惹她。"吴燕叮嘱妈。

"走吧，赶紧上班去吧。你妈是那糊涂人吗？"

吴燕的父母都是工人，却嫁入了书香门第。吴燕的老公家，老辈在朝廷做过官。到了的他爷爷那代，大多是读书、留洋、做学问的。

吴燕老公的爷爷、奶奶都是大学教授。

吴燕老公的爸爸排行最小，两个姑姑，一个是外科医生，一个是大学教授。

吴燕的公公在医学院读书时和吴燕的婆婆是同学，俩人毕业后都做了医生。公公成了著名的脑外科专家，婆婆是神经科的主治大夫。

吴燕婆婆的家族没有她公公家显贵。婆婆只是南方一个小城市普通人家的女儿。但婆婆的做派却比吴燕老公的奶奶、姑姑们更显出身富贵，气度不凡。

当初老公跟吴燕嘲讽他妈："我妈，那范儿，那讲究，比我奶奶还像富家小姐！嘿，就像珠宝店卖的玉器，假的，总比真的还真！"

吴燕当时还没结婚，觉得好笑，给了一句："你呀，就编派你妈吧！"结婚后，吴燕不笑了，她哭都来不及。她终于领教了，那不是编派。

就一点讲究，吴燕就适应了两月。在玄关换衣服，换鞋；包、伞、围巾等都不能进入客厅，只能放到玄关里。睡觉时还得换睡衣，白天睡衣只能放到床罩下面。她要是看见你穿着睡衣满处乱坐，那眼神就能把人盯得发毛。

吴燕的婆婆穿衣服，一定要纯棉、纯毛、纯麻、纯丝的；喝茶，绿茶一定要当年3月的，普洱一定要5年以上的；洗手一定要按六步走，洗黄瓜一定要先涮两遍，再泡 10 分钟，再洗……

吴燕婆婆举手投足都在显示着她的有学识，有教养；她的眼神和话语随时随刻都在抽打着吴燕，提醒着她的出身、她的平庸、她的学历。

吴燕不服气，咱虽不是大家闺秀，但也是小公主啊，是被爸妈捂在蜜罐里浸大的独生女；咱在家虽然随意慵懒，但那是本真回归慢拍时尚，咱虽然只是大专文凭，可咱貌美如花，也是公司白领。

吴燕的老公研究生毕业。婆婆当初反对他们结婚，是老公的奶奶表态，婆婆才迫不得已点头。

当时奶奶说："工人家庭的女儿怎么了，往前数，谁都是富贵显赫了？谁没几个穷亲戚？"那时候，婆婆的脸红一阵白一阵的，她以为奶奶在旁敲侧击地指她，其实她多心了，奶奶是疼孙子。

吴燕和老公带着他俩的爸妈，6 个人一起出游过一次。

那次刚一上车，婆婆就开口："我一般不跟不是一个层次的人玩，我一般都和文化修养相同、经济能力相同、品位……"嘿，吴燕的婆婆也不知是哪根神经搭错了，竟然滔滔不绝地说出那么没修养的话！

吴燕她妈也不示弱，阴阳怪气地说："修养，不是文凭，不是金钱，不是……"

那次吴燕差点被气死，发誓再也不一起去玩了！

天有不测风云。一个月前，清高自傲的婆婆在工作中突发脑溢血，因抢救及时才保住了性命，但落下了半身不遂、语言不清的残疾。那些日子吴燕跑前跑后地忙，忙得脚不沾地，把婆婆感动得直掉眼泪。

现在婆婆虽然出院了，家里请了保姆。但白天大家都要上班，保姆一人忙不过来。吴燕就请妈妈白天过来帮忙买买菜，推婆婆晒太阳，散步，聊天。

吴燕心里清楚，两个老太太现在处得挺好。妈也就是背地里跟她卖乖，妈白天有事干了，就不会总和爸打嘴架了。

吴燕停好车，快步向办公楼走去，脸上挂满了快乐。

陷　阱

　　睿凌晨 5 点进了家门，蹑手蹑脚地走进客厅，屋里很暗。他猜想老婆还在熟睡，就慢慢地脱了衣服，放到沙发上。然后轻轻地推开卧室门，浓重的蒜味伴着老婆的呼噜声迎面扑来，他皱了皱眉。

　　老婆背对着门，侧身躺在床中间。睿坐到床边，把胳膊腿慢慢放到床上，再一点点往里蹭，稳妥后，发现老婆还在熟睡，才轻轻地舒了口气，闭上眼睛想昨晚发生的一切……

　　昨天晚上，当他走进包间。一双幽怨的眼睛让他瞬间呆愣，他的心一阵骚动，说不清是什么滋味！紧张？愧疚？酸楚？都像又都不像。两年了，自从那次他和露被老婆在床上逮住已经两年了。

　　露幽怨地望着他，起身向他走来：你好，又见面了！露伸出白嫩的手。

　　啊，你，你好！他刚触碰到那只手，就赶紧缩了回来，像被马蜂蜇了似的。

　　两年前发生那件事后，睿就没有再去上班。他辞了职，换了手机号，找了新的工作。当然，他跟露长谈了一次，痛彻心扉地诀别，然后就蒸发了。

　　露今晚很娇艳，她用妩媚的眼睛看着睿，劝他喝酒；她用绵软的手扶睿，和他对唱情歌，一首接着一首。

　　睿躺在床上反复地想，他是怎么到露家的？是怎么睡到她床上的？他只记得，他喝得心里难受，有一双似爱怜似幽怨的眼睛在他面前晃啊晃；一对玉指掐着酒杯劝他：喝，喝！剩下的就不记得了，断片了！一觉醒来，她躺在他身边，俩人光着身子……

　　露对他讲：你喝醉了，一边哭一边唱，唱得我心碎……你偏要来我家，一进门就抱紧我……她说着搂住他的脖子：那一刻我融化了，我死了都高兴！睿，我爱你，我……他推开她，翻身下床，慌乱地穿衣服……

　　此刻，睿一点点地回想，露说的话，说话时的表情，像过电影似的一幕一幕地过着每一个细节，生怕遗漏。他要从中找出真相，做出决定。他反复问自己，我真的做了那些事吗？我到底怎么办？

　　六点半，老婆被手机闹铃吵醒。她半闭着眼，翻转身，推着睿：嗯，你几点回来的？

　　睿装出迷瞪的样子，翻过身，搂紧老婆：啊，你刚睡着我就回来了，看你睡得香，没敢吵你。

　　去，别烦我！老婆揉着眼睛：我今天得早走，有份报告要老总批！

好，你有事，你有大事！睿缩回搂老婆的胳膊，伸了个懒腰，翻身起床。

老婆刚走，睿的手机就响了。他抓起手机：妈呀，真是露来的，多悬呀，老婆刚走！想着，他按了接听。

宝贝，没事吧？露的声音，娇柔、甜腻。

哼，没事。差一点，就出大事！睿心里这么想，嘴里却说：啊，没事。我回来时她还睡着。

哎，没事就好。我的心一直乱跳，为你担心。

你不用担心，我马上要去上班，有时间再聊！睿想赶紧结束谈话，他不能再招惹露，上次就把老婆气得要死，差一点离婚。要是再被老婆发现，他的家就完了。

电话那头的露人精似的，听出了睿想逃，暗笑：想得美，别着急，咱们慢慢来！她笑着说：好，你上班去吧，注意安全！声音里透着关心，透着爱意，拨弄着睿内心最柔软的部分。

两年前和露那段感情对睿来讲是新奇和美好的，那偷的滋味让他感觉刺激、兴奋。那娇艳热辣、充满活力的躯体让他神魂颠倒。被老婆抓住后，他虽然捶胸顿足地答应彻底忘了露，但露藏进了他心底。一有风吹草动，或刮风下雪，或某一个漆黑孤寂的夜晚，露就会冒出来，抚慰他的心灵，激活他的肉体。

现在，那个鲜活艳丽的露钻进了他嘴里，再一次让他尝到了那偷的滋味。要他吐出咀嚼半截的美味，再一次选择放弃，好难啊!

睿放下电话,心痒痒的,他想:接下来怎么办?放弃吧,真舍不得。再说,怎么会那么凑巧,再被老婆碰见呢?走哪算哪吧!小心点就是了。

睿自以为聪明,自以为多情,其实他正走向露为他设下的陷阱⋯⋯

咖啡凉了

　　紫烟用钥匙打开门，玄关里一双红色高跟鞋吸引了她的眼球，那笔杆细的鞋跟让她肯定：女人，一个妖艳的女人在她家里；这个女人是和老唐一块来的，因为那双妖媚的高跟鞋旁边躺着一双棕色牛皮鞋。

　　紫烟除了在必要的场合穿高跟鞋外，其他地方从来不穿高跟鞋。她瞧见女人踏着纤细的高跟在街上一歪一歪地扭着，就想笑：那么大的一坨，踩在那么两个细柱上，有的细柱还镶金嵌银的，实在滑稽！

　　紫烟从这双高跟鞋就猜想到了鞋主人的样子，一个低俗浅薄的妖艳女人！她疑惑老公带这么个女人来家，干什么？她不由得放慢了脚步，轻手轻脚地走进客厅。

　　客厅没人，卧室里传出隐约的声音，紫烟的心猛地收紧，她跌坐在沙发上，血冲上了脑顶，她已经猜到了卧室里的情景，但她还是不敢相信。

　　紫烟镇定了一会，起身朝卧室走去，走到门口她站住了，她不愿意看见那一幕，她觉得恶心！但她必须确认，她不见棺材不流泪！她握紧拳头使劲捶门。

唐韵文跟梅露正在卧室里醉生梦死，咣咣的捶门声把他俩惊醒。唐韵文翻身跃起，跳下床，抓起衣服扔给梅露：快，快穿衣服！她回来了！

梅露并不惊慌，慢吞吞地穿衣服。

唐韵文满脸冒汗，慌乱地穿好衣服，顾不得看梅露是否穿好，就拉房门。紫烟正站在门口，一脸愤怒。

你……你怎么回来了？唐韵文慌忙问。

我不回来，怎么能欣赏这场好戏！紫烟看到了那张涂抹得妖艳的笑脸，那张脸下面是一堆白肉。梅露根本就没穿衣服，她成心等着紫烟捉奸。

不打扰了，继续。紫烟转身就走。

哎，紫烟，你……误会了！唐韵文冲着紫烟喊，拔脚就要追去。梅露说话了：算了，她什么都看见了。唐韵文回头看去，立刻明白了。他脸色铁青，指着梅露：你，你成心让她看到？

梅露笑道：看到了，怎么了？看到了更好，你跟她离吧！

唐韵文一脸无奈：哎，你这是逼我呀！你……

梅露起身扑向唐韵文，搂着他的脖子，撒娇道：逼你怎么了？我想给你生儿子！她吻着他的脖颈，喃喃地：生儿子，我一定给你生儿子。手伸进了他的衣服……

唐韵文融化了，抱起她，扔到床上，白胖的身子压了上去……

　　紫烟冲出家门，跑到大街上，茫然地在街上奔走。悲愤像炸开的油锅，煎烤着她。心，在慢慢滴血，破碎！

　　紫烟实在走不动时，才停下脚步，环视四周，认不清这是什么地方，只好走进旁边的咖啡厅，选个僻静的地方坐下，要了杯咖啡，慢慢品着。咖啡的苦涩似乎让她找到了老公背叛的原因：难道是因为他们一直没有孩子？

　　紫烟今年 46 岁，和唐韵文结婚 20 年，一直没有孩子。当初她怀过孕，那时他们刚结婚一年，都在忙事业，唐韵文正在党校学习。她和唐韵文一商量，到医院做了流产手术。

　　紫烟记得，那天唐韵文请了半天假，骑自行车带她去的医院。年轻的他们轻松得就像逛了一次商店，根本没有半点悲哀和忧虑。等唐韵文升任办公室主任；紫烟也做了部门副经理时，他们才想起来要孩子，但是怎么也怀不上。

　　紫烟去医院检查，结果让他们一惊，紫烟流产时刮宫太深，损伤了子宫颈管和子宫内膜导致输卵管粘连阻塞，不能怀孕。

　　那次紫烟哭了一个晚上，唐韵文一直劝她：没事，别哭了。没孩子怕什么，没孩子，我们总过二人世界，我们会彼此更恩爱。他搂住紫烟，喃喃地：你就是我的孩子，我会疼你一辈子！

　　疼我一辈子？唉……紫烟幽怨地望向窗外。

　　其实，那时候唐韵文说的是真话。但随着岁月的流逝，他感到紫烟越来越讲究，越来越清高了。她精致的生活让他喘不上气来。而梅露让他感到轻松，感到活着的欢快，紫烟就像一只精美得青花瓷瓶，只能摆着欣赏；而梅露是搪瓷缸子，用着随便舒服。现在，梅露又要给他生儿子，他真有点……

咖啡已经凉了，紫烟还在苦苦思索……

（本文发表于《小说合集》）

赌

窗外电闪雷鸣，风雨交加。

婕像一只躺在案板上任其宰割的鸡，一时间，羞辱、无奈一起涌上心头。她唯有闭紧双眼，紧咬嘴唇，任泪水从眼角滚落。

婕感到，浩的舌头在她脸上蠕动，舔舐着她的泪水。她厌恶极了。心想：这就是一个疯子，一个被复仇欲望控制了的疯子。

浩发泄完，点燃一支烟，斜倚在床上，边吸边欣赏婕慌乱地穿衣服。看着婕被他耍弄后的尴尬，他感到非常痛快，一种报复后的快感让他特想笑。

婕穿好衣服，转过身来，冲他伸手：给我！

浩拿起遥控，边对着电视鼓捣，边说：急什么，先欣赏一段视频。他抬抬下巴，示意婕看电视：嗯，看。

婕扭转身，看过去，惊呆了。什么？这是什么？她用手指着电视，哆嗦着问：你，你是怎么弄的？

浩挪挪身子，指着高处墙角的四周坏笑：那，那，哈哈，全是摄像头！

婕猛醒，一股怒火直冲脑顶。她冲着浩叫喊：你，你卑鄙！

电视里播放着刚才他俩的床上视频，这种技术对浩来说是小菜一碟。

浩阴笑道：我卑鄙，我有你卑鄙吗？你当初假装爱我，设了个圈套，让我钻。你装得可真像啊，你爱我，你真的爱过我吗？

婕避开浩的眼睛：我，我当时……她没法回答浩，她说不出那个"爱"字，哪怕还是撒谎。即使当初爱过，现在早已变味。

哼，借种！这种肮脏的伎俩你也想得出。说着他坐了起来，指着婕的鼻子问：你把我当成什么了？喂，说呀，种马吗？

婕哆嗦着：我，我当时，我当时……她猛地抬头，瞪着浩：我当时糊涂，我错了！她大声地叫喊：可，你报复了，你羞辱了我。你还想怎么样？你有完没完？

浩起床，慢悠悠地：有完，你给我 3 万。给我 3 万，我立马收手。

卑鄙！婕眼里喷着怒火，瞪着浩：3 万？3 万完了，你要 5 万！你就是个无赖！

浩两手一摊，笑着：是，我是无赖，你可以不给。他用手指戳着婕，你看我会怎么对你！

婕冲出浩的家，冲进暴风雨，风雨中 8 年前的往事闪现翻转……

8 年前她和浩同单位，她是会议主管，浩是音响师。她被浩忧郁孤傲的气质迷惑，常常魂不守舍。她已嫁人，嫁入书香门

第，老公虽然相貌平平，但很疼她。只是他们结婚四年都没孩子
很让婆婆不满。在婆婆的逼迫下他们去医院做检查，结果是：老
公精子成活率低，很难怀孕。但婆婆不认可，婆婆看她的眼神像
看一只不会下蛋的鸡，让她不寒而栗。

那是一个傍晚，下班后，她躲在办公室里磨蹭。她不想回
家，她怕婆婆那射入骨髓的目光。浩走了进来，走向她……

一切就鬼使神差地发生了，当浩匍匐在她赤裸的躯体前欲醉
欲死时，她醉了。她就像一只扑火的飞蛾，奋力地扑闪翅膀……

后来她怀孕了。她知道这是浩的种，她本想把孩子做了。但
一个荒唐的念头让她改变了想法，让她决然地离开浩。为了躲避
浩的死缠烂打，她辞了职。

……

上个月在公园里，女儿竟撞到了浩身上。虽然几句寒暄后她
就拽着女儿匆匆离去，但却惹来了灾祸。惹来了浩的电话。

浩说：我要见你。

她说：我没时间。

浩说：你必须有时间，我要跟你谈女儿的事。

她慌了：什么女儿？

浩说：那个女孩，那个女孩是我的女儿。

她说：你瞎说！

浩"哼"了一声：我这有 DNA 鉴定，你一看就明白了。

她急了：你胡说，你……

浩不耐烦了：告诉你吧，那天我揪了她的几根头发，拿去做了鉴定。我等你一个小时，你要是不来，我就拿着鉴定给你丈夫看！

她怕极了，哀求道：不要，你不要，我马上就去！你在哪？

她赶去见浩，抢过那张纸看了几眼，就往包里塞。对面的浩阴笑道：那只是副本，原件让我锁在家里了。

她祈求道：给我，把原件给我！

浩说：给你可以，你得答应我一件事。

她问：什么事？

浩坏笑着：陪我，陪我一次，我就给你。

你……她气得说不出话来。

浩站起身就走……

她只能答应浩，今天来他家和他……

突然一道闪电划破夜空，紧跟着惊雷炸响，婕猛地惊醒，眼前一片水雾。

婕踉跄着往前赶，她想：唉，就给他 3 万吧！这是报应，是老天给我的报应。我再赌一次，兴许这次浩会收手呢？

婕想错了，浩不会收手。浩早就是一个赌徒了，7 年前情场失败，他进了赌场。

耍聪明

五星级饭店设备主管牛睿认为人生必须抓住机会，而机会是可以创造的。

月初，工程部副经理辞职了，哥们开玩笑：牛睿，你小子，这下有戏喽。牛睿表面哼哈应付，心里却憋足了劲。

前两天工程部李经理，拿来一份《关于更换 2 号直燃机组的报告》让牛睿签字，牛睿虽然很不愿意，还是签了。唉，谁让人家是经理呢？再说花的又不是我的钱。

康总经理今晚有个宴请，散宴后随便走走，看到工程部办公室的灯还亮着，推门走了进去，问：怎么，这么晚还在工作？

牛睿只顾打游戏，听到声音，急忙起身，说：康总好，我今天部门值班！随手按了关机键。

康总笑道：坐坐，咱们随便聊聊。说着，坐到沙发上：你辛苦了，咱们这些老设备够你折腾的吧？

牛睿忙说：没事，这些设备还行，特别是 2 号直燃机组，去年才大修过。他故意提 2 号直燃机，他记得那天李经理说：赶紧签吧，康总等着看呢！

嗯，你是说 2 号机组不用更换？

不用换。

嗯，你，继续说。康总笑着鼓励。

更换 2 号直燃机的报告是李经理写的，我只是签个字。牛睿先把自己撇清，看看康总仍在笑，继续说，李经理和直燃机厂的方总是好朋友，几十万的设备说换就换？我觉得这里面可能……

好，好！你提醒得好！康总拍着牛睿的肩，脸上堆满了笑，走了。牛睿回味着康总的笑，乐得眉心直放光。

过了几天，牛睿迎面碰上康总，赶紧上前问好。康总拍拍他的肩，笑道：好，好，好样的！牛睿回味着康总的话，美得一宿没睡。

几天后，李经理对牛睿说：康总家卫生间漏水，你安排人去看看。

牛睿暗喜：嘿，又是一个表现的机会！他亲自带着水工领班去了康总家。换了一个新的水龙头，漏水就修好了。康总很高兴，让夫人沏茶倒水，很是客气。临走时，康总要付钱。牛睿说：算了，一个水龙头没几个钱。

康总说：嘿，哪能算了，必须给。康总让夫人拿了 300 元，递给牛睿，开着玩笑说：嘿，你可别忘了，给我开收据哟！

走出康总家，牛睿想：我是没看错啊，康总真廉洁！看样子，我副经理的位置铁定喽！工程部经理的位置离我也不远了。

想着，脚下一滑，"扑腾"一声摔倒地上。原来牛睿踩上了一堆狗屎。水工领班忙伸手拽他，道：小心，这世道，人心难测，得低头看路。

牛睿笑道：没事，这人素质也太低了，怎能让狗随地拉屎！脸上仍然泛着光彩。

两个月后，人事部通知牛睿：饭店效益不好，你们这些合同到期的一律不再续签。牛睿一头雾水，别人不签可以，我，你们怎能不签啊？人事部毫不客气：这是规定，一视同仁！

牛睿走后，二号直燃机开始更换。其实，方总是康总的好朋友。牛睿本想耍小聪明，却打草惊蛇了。

谁疯了

我疯了，每天必须吃药。每个月要老公带着去医院拿一次药。

医院坐落在西山脚下，两座灰白色楼房组成一个有花草和长椅的院落。庭院里很冷清，不时有人从院中穿过。

这是一所精神病医院。南面的楼房是门诊，北面的是住院处。我紧拽老公，惶恐地走在灰白之间，不停地扭头看北面的窗户，窗的铁栅栏后面有鬼影闪烁。在我的梦里铁窗后面贴着一张脸。那张脸在笑，笑得很凄惨。

我心搅得难受，双手抱头，胳膊肘支在大夫的办公桌上，闭着眼睛。病了以后，我有了一种特异功能，我能看到人们脸后面的另一张脸。

"怎么样，好点吗？"大夫问。

我抬起头，看到了一张贪婪的脸，嘴角流着口水。

"大夫，她的病越来越重了。她说，白菜用甲醛蘸过，鲜姜用酸熏过，羊肉里面掺了耗子肉；就您给的这药，她也说有毒！"老公拿出那个精美的药瓶，往大夫眼前送。

"什么，我们的药有毒?"大夫夺过药瓶，哈哈大笑。那张脸变得惊恐扭曲，嘴巴不停地张合："这药是世界基因科学生物研究院从五千多米高的悬崖上采集的神秘植物，是用纳米……纳米……"

"那……还接着吃?"老公问。

"接着吃!"大夫抓起笔，写药方。

"唉!她总说疯话，三天两头闹自杀。她这病就没更好的办法吗?"老公唉声叹气，晦暗的脸上布满愁云。

"有啊，住院!哎，我跟你说啊……"大夫扔掉笔，往老公跟前凑凑："让她住院吧，说不定哪一天你看不住，她一纵身就从楼上跳下去。她像是狂躁型，说不好还会杀人。你还是让她住院吧!"我开始哆嗦，我看到那张脸，变得狰狞。

"住院?能治好吗?"老公疑惑地问。

"能，很多病人都治好了。好得比正常人还正常。住院吧!"大夫催促道。

"要多少钱啊?"老公问。

"不多，每月也就九千多!"大夫回答。

"九千多，太贵了!"老公一脸无奈。

"这还贵，我们是酒店式病房!里面有……还有……"我看到一张血盆大口，龇着獠牙;蓝紫的眼睛开始喷火。我可怜地望着老公挤出几滴泪水，抓紧他的手。

"那，还是吃药吧!"老公嘟囔着，搂起我匆忙离去。我窃喜，因为我看到那张脸瞬间塌瘪，惨不忍睹。

郑美丽之流年不顺

郑美丽像泄了气的气球，团在黑暗中发呆：今年是撞上鬼了？大年初二就把脚崴了。

那天她正走在回家的路上，边走边给段雅打电话：嗨，我家老王又升了，刚提了副总工程师。嗨，年终奖就拿了 8 万！嘿……郑美丽越说越兴奋，越说越觉得美，越说胸脯挺得越高，眼睛越往天上看。"啪……哎哟"，随着一声叫喊，郑美丽瞬间从天上掉到地下，倒在路旁疼得眼冒金星。

原来路旁有一小堆正在融化的积雪，郑美丽只顾高傲，忘了低头看路。这就导致郑美丽必须趴在地上，亲吻那片肮脏的地面了。

郑美丽仰起污泥点缀的花脸，哀求围观的人们，拉她起来。可是没人理她。那些闪烁的眼神，好像怀疑她是碰瓷的。哼，没见识！也不看看我这身行头。我，能是碰瓷的？郑美丽懒得理这些俗人，还是找老公吧！

郑美丽趴在地上想给老公打电话，她伸出沾满脏泥的手去摸找手机。一个围观的男人说话了：别找了，你的手机甩到了那边，被一个小伙子拿走了。

唉，破财免灾吧！郑美丽自认倒霉。折腾了半天，才爬起来，一瘸一拐地往家走。

三个月以后，郑美丽和单位的女同事聊天。一时兴起，摆阔显摆。她夸完老公夸儿子。临了还没忘那句口头禅：嗨，我呀，总是招人嫉妒！她看着同事赞成的眼光，热血沸腾：经理为什么老跟我劲劲的？那是嫉妒！她老公才是个小科员，儿子学习也不争气，她父母都是工人，挣不了……她没想到，那个女同事也嫉妒她，嫉妒之火烧得那个女同事向经理告了密。从此经理施展手腕，今天算她迟到，明天说她早退，后天又说她账算错了，报表做坏了。

郑美丽在和经理发生几次争吵以后辞职了。

辞职怕什么，我不缺钱，我家老王能挣，辞了职正好旅游！郑美丽是这样回答段雅的。

7月中旬，郑美丽带儿子上日本旅游。坐在飞机上，郑美丽有些郁闷，因为她旁边坐了一个穿着讲究、高雅贵气的中年女人，因为那个女人对她的张扬表示不屑。哼，看不起人。你以为我是谁？我也不一般！郑美丽费尽心机，巧妙地和那个女人搭话，表明自己老公是一家大公司的副总工程师。

那个女人问：你老公在哪家公司高就啊？

郑美丽高傲的回答：在 H 公司！

H 公司，副总工程师？那个女人沉吟着，似笑非笑。

嘿，还那么傲慢！我还有炮弹：你别看我老公是副总工，实际上跟总工差不多，不久就会当上总工。郑美丽信口开河。

哦，怎么讲？那个女人侧头问。

嗨，他们那个总工，草包一个！什么也不会，什么事都靠我老公干……郑美丽胡编乱侃，越说越兴奋。

郑美丽旅游回来，才感到吹牛的严重性。她刚到家，老公就问：你在飞机上遇到我们总工的老婆啦？老公看着郑美丽疑惑的眼神，提醒她：去的时候，在飞机上。总工还夸你挺能说的，夸你有个性。

哎哟，完了，完了！郑美丽后悔得想抽自己两嘴巴子。

一个月后，郑美丽老公被调任技术总监。说是技术总监，实际上就是技术支持，工资少了一半，还得满天飞。

郑美丽开始埋怨：你怎么越混越出溜呢？老公就说：都是你爱显摆，都是你这张破嘴惹的祸。

郑美丽不认可，显摆怎么了？我们拼命奔，使劲努，不就是为了让别人羡慕，在别人面前光鲜亮丽吗？要是不显摆，摔倒了别人都以为你是碰瓷的！再说我这张嘴，我这张嘴怎么了？我这张嘴伶牙俐齿，从不吃亏！哎，你忘了？那次你开车撞了宝马的屁股，不就是靠我这张嘴，把人家哄高兴了，宝马才拍拍屁股走人？郑美丽拽着老公不依不饶。

得了吧，那次我的车是吻了宝马的屁股，根本没伤到毫毛。

要是真伤了它，你那嘴，再加十张也没用！老公有时也犯刺。

前几天一件意想不到的事情让郑美丽差点崩溃。

那天，郑美丽跟团去云南旅游。本来说好星期四回家，结果旅游团改了线路，提前回京。

郑美丽想给老公一个惊喜，没先通知他。晚上9点，郑美丽提着行李打开了家门。眼前的一幕让郑美丽瞬间崩溃，老公正和一个白花花的女人滚在客厅的地毯上，那个女人竟然是她的闺蜜，段雅！

郑美丽号叫着扑向那两团肉，撕扯、踢打、哭喊滚成一片。老公在厮打中竟然踢了她一脚。滚开，疯子！老公怒骂她。

段雅趁机穿好衣服，逃走了。老公紧跟着也穿好衣服，要追出去。回来！郑美丽冲着老公的背影喊：你要是还想要这个家，就别出去！

老公站定不动，头也没回地说：你看着办吧！说罢，愤然离去。至今也没回家。

窗外白杨树的枝条在狂风的抽打下跳舞，投射到屋内的光影扑朔迷离，光影中郑美丽自语：流年不顺？对，就是流年不顺！

黑暗中一个声音飘来：哈哈，流年不顺？自欺欺人罢了！就你那心态？你那性情？哈哈……

郑美丽惊愕地睁大眼……

（本文发表于《小说合集》）

抉　择

　　我在荒凉空寂的旷野上奔跑，天空乌云密布电闪雷鸣，我迎着飞沙走石向前面的城堡飞奔，因为后面有电闪雷鸣疾风暴雨追赶。

　　我冲进了城堡，一个披着黑袍的黑衣人拦住了我：这里是"随心所欲医院"，你要进吗？

　　医院？我没病，但我想在这里歇息，躲避暴风雨！

　　你有病！黑衣人一把拍在我的腹部：你这里长了肿瘤，你只能活一周了！

　　什么？我得了癌症？我就要死了？我害怕得哆嗦，急切地问：那怎么办呀？

　　你跟我来！黑衣人话没说完，袍襟舞动，腾空而起。随即风吹气涌，我被裹挟到一个没门的屋子里。

　　硕大的房间被一道墙从中间隔开，分成左右两间，两间都没门，正面对着我。左面这间阳光明媚鸟语花香，嫩绿的草地上摆着一个铺着洁白台布的餐桌，美妙轻缓的乐曲伴着一个漂亮的女孩愉快地享用美食，旁边站着的小鲜肉不停地往女孩面前的盘子布菜。我又看右面，这里昏暗恐怖，是一个手术室，几个没有眼睛的白衣人正在给病人做手术，随着凄惨的嚎叫，一块腐肉从肚子蹦出来，鲜血淋漓，好吓人啊！我只瞟了一眼，又赶紧去看左面，这里正在上菜：红烧鲍鱼、剁椒鲜贝、清炒虾仁，小鲜肉报着菜名。

"虾仁！我最喜欢吃虾仁了，我曾经梦想：将来有钱了，把虾仁当米饭吃，每顿饭都大口地往嘴里扒拉。"我已经流出口水，就要奔过去！

"想好喽，那个女孩马上就会死去！到那里的人，只能活5天！"

"5天？只能活5天？5天以后我就见不着我的女儿，我那个花心的老公就会再找一个女人，睡我的床，欺负我的女儿。不行，绝对不行！"我又去看右面，看得我浑身战栗。

"如果你动手术，可以活到老！"黑衣人解释。

"是吗？我可以活，但必须忍受痛苦！可我实在想活呀！我还没去过西藏，我还想看埃及的金字塔，看巴黎的凡尔赛宫，我还有一部小说没有写完，我要当作家。我想活，可手术太可怕了！"我犹豫不定。

"赶紧决定，时间不多了！"黑衣人大声提醒。

"好，我动手术！"话刚说完，我就被甩到一张手术台上。巨大的无影灯照得我睁不开眼睛，我使劲地睁，我从那睁开的一点缝隙中看到，几个没有眼睛的白衣人在传递刀、剪、钩、钳，无数个闪着寒光的杀人武器！我哆嗦起来。"咔"，我感到腹部被利刃切开，血不停地往外涌，快要流干了。我身上的气也在散去，已经快没气了。我拼命地喊："不要！不要做了"

"不做，你马上就死！"

"不，我不想死！我做！"我说做了，可那些白衣人就是不往下进行，他们手里的刀、钳、钩、剪，沾满了我的鲜血，一滴一滴地往下滴。

我知道，他们是要我下决心，不能再心存侥幸！我急了，拼命地喊："我做！你们救我。救救我，救救我啊！"

我从梦中惊醒，汗水浸湿了床单……

那弯弦月

清风拂动，花香弥漫，树梢上的那弯娥眉摇曳，泛着清凉幽怨的白光。

她坐在小院的藤椅上望着那弯弦月，想起了那个夜晚……

那是一个夏日的夜晚，当那弯弦月丢了的时候，他牵着她的手回到了湖畔的宾馆。

那天晚上他们喝了很多的酒，他泪流满面紧拽着她的手，眼睛直视着她："记住，我爱你，今生今世我只爱你一人！"那眼神像火，烧得她战栗！

那是，她见他第一次流泪，也是他第一次对她说："我爱你！"

后来他们做爱，他抚摸着她白皙富有弹性的高地，亲吻着，喃喃着："我的小姑娘，我的小姑娘！"

他总是说："真没想到，40多岁的你，还像个小姑娘！"

再后来，他们疯狂做爱。两个躯体紧紧缠绕交融。他扭曲的脸、他猛烈的撞击、他充满野性的做爱方式，让她呻吟，让她哭叫。

他让她感觉，他要把她吞进肚子里，要跟她做今生今世最后一次……

第二天醒来，他们依旧喝酒。阳光透过窗帘斜射进房间，他的脸忧郁而绝望。他向她诉说："我老婆知道了咱俩的事，她限我5天解决问题。否则，她叫我身败名裂。她已经托人给我调回部里，做正处。"

她没有惊讶，眼里充盈着泪水，她知道这一天迟早会来。

他抓住她的手，接着说："我爱你！但，我今天的一切来得不容易，我要是毁了……"

她的心在痛，她知道他从西北的一个寒冷而贫困的山村走来，他是那个小县城第一个，也是当时唯一的一个考进北京的大学生，他背负着全家族所有人的希望。

她还知道，他上大学后拼命读书，成了大学里的高才生，毕业后分到部里。

她泪流满面，盯着他，说："我知道，我知道！我还知道，你娶了一个副部长的女儿，有一个在清华附中读书的儿子。"

他一把搂过她，疯狂吻她。

她挣脱开，哆嗦着："在这些面前，我算得上什么！我们的感情算得上什么？"她的心在流血。她流着泪微笑，笑得凄惨……

那次分别后，他一直没和她联系。

　　刚开始，她还幻想着他会突然打来电话，每次手机响，她都会心跳。也有很多次，她控制不住的老想给他打电话。

　　在一个细雨朦胧的星期天，她心搅得难受，总是想哭。下午，老公和儿子嚷嚷去奶奶家，她没去。她躺在床上，拿起手机，拨通了他的电话。

　　电话那头平静乏味的话语让她很快挂断了电话，泪水流了满脸，"你以为他会怎样啊？痛彻心扉地表白吗？哈哈，傻瓜，自作多情的大傻瓜！你早该想到的啊！"她懊悔极了。

　　后来，她见过他两次。一次在街上；一次在饭店，他去开会。她都是躲在远处望着他，一直到他走远。

　　现在，她望着那弯弦月，想：该忘却了，那根刺，扎得好疼啊！拔了，就好了。

没闭上眼睛

屋外下起大雨，电闪雷鸣。

魏长顺躺在床上，闭着眼，心像在油锅里煎熬。他想：秀玉也不知道怎样了，要是有个三长两短，我死不瞑目啊！一行浊泪顺着眼角流出，滴落到枕头上。

傍晚，秀玉搀扶着他在街心公园练习走路。他突然发现郑宇轩从入口走了进来。他想转身避开，怎奈腿脚不听使唤，身子往左面倒去，硕大的一坨全都压在了秀玉身上。秀玉瞬间倒地，头磕到花池沿上，一股鲜血从头下涌出……

急救车把秀玉送进了医院，女儿随后也赶了去，到现在还没有反馈消息。

秀玉是魏长顺的前妻，三年前和魏长顺协议离婚。

三年前，48 岁的魏长顺在单位任常务副总。成熟稳重，气度不凡。一次喝醉酒，他和总办的宋梅有了苟且之事。宋梅 39 岁，漂亮、风骚，离婚后带着女儿独自生活。

宋梅略施手腕，魏长顺就坠入情网，石榴裙下神魂颠倒。

宋梅对魏长顺说，我离不开你了，咱们结婚吧！

魏长顺说，那怎么成，我有老婆。再说，你不是跟郑宇轩好吗？

宋梅说，我压根儿就没看上他，娘们唧唧的，是他总缠着我。

魏长顺说，再等等吧，等我跟秀玉离了婚。

宋梅暗想：等你，等你这事就黄喽！她舌头一转，掀起了疾风骤雨。郑宇轩举起了白旗，秀玉也同意了离婚。

魏长顺觉得对不起秀玉，要净身出户。秀玉说：算了吧，你把房子留给我和女儿就行了，存款归你。唉，你再婚后也得有地方住啊，就用那笔钱买个窝吧！

魏长顺热泪盈眶。他很需要那笔钱，因为，宋梅很能花钱。他用那笔存款在五环边上给宋梅买了一套两居室，和宋梅过上了美女、香车的逍遥日子。

乐极生悲，半年前，魏长顺突发脑溢血，住进了医院。经医生抢救，虽然保住了性命，却落下了左半身瘫痪、失语的后遗症。病情稳定后又转入了康复治疗。

宋梅刚开始还总往医院跑，渐渐地去的次数少了，最后竟不去了。秀玉就让女儿打电话找宋梅，手机关机。秀玉和女儿就去五环边上的那个家去找，那个家已经住上了别人。那人说，宋梅一个月前把房子卖给了他。

女儿又去单位找宋梅，单位的人说，她辞职了，可能去了深圳。

　　没办法，秀玉只好到医院照顾魏长顺，待他好转又把他接回家细心照料。

　　屋外，雨更大了。

　　房间里漆黑一片。魏长顺突然想起，多年以前，他曾读到过一篇散文，其中有一段这样说道：人生就是一次长途旅行。旅途中，有的人上车，有的人下车。有些人会陪你走过一段美好幸福的旅程。但，谁会陪你穿过黑暗，与你患难与共……冥冥之中，上帝似乎早有安排，自己多年前读过的那段话竟然成了现在的谶言。一股酸楚涌上心头，魏长顺胸口一阵绞痛，他哆嗦着手去摸床头的急救药，药瓶滑落在地……

　　一道闪电划破夜空，瞬间，屋内一片光亮，光亮中魏长顺躺在地上。他大睁着眼睛，手里紧紧攥着秀玉的照片，两行悔恨的泪水停留在冰凉的脸颊上……

聊　天

冬日的一个下午，风有点大。85 岁的李老太拄着拐杖颤巍巍地来到超市旁边的台阶旁晒太阳，聊天。

"唉，这风可真大呀！"李老太边唠叨，边往台阶上坐。

"她李婶，怎么没带垫啊？"郑老太边问边递过一个花布棉垫："给，你用吧！"

"唉，拿着费劲！越来越走不动啦！"李老太接过棉垫坐下："怎么，今天，就你俩？"

"哎，越来越少喽！你听说没？宝华他妈走了！"一旁的赵老太睁开迷瞪的眼睛说。

"嗯，怎么走的？前天，我还看见她呢！傻呵呵的。"李老太问。

"冻死的，一冬天也不穿棉的，冻得哆里哆嗦的，不冻死才怪呢！你说，她养了 5 个儿子，5 个儿子就不知道给她买身棉的？"赵老太絮絮叨叨说个没完。

"算了，你别编派人家啦！谁能跟你比呀？儿女都有钱。"郑老太就不爱听赵老太笑话人，她用手指着赵老太的外套："她李婶，你看她这衣服，是暖和，可也太小啊，都盖不住腚呐！"

赵老太回击："盖不住腚，也没办法。也不能上美国换去！这是孙女从美国给我买的！"

李老太笑着接过话，"是啊，谁也比不上人家赵嫂子！"她凑到赵老太的玉镯子前，眯起眼，低头细看，问："这镯子，是真的？"

赵老太使劲举着胳膊："怎么不是真的呢？这是我孙子从上海买的！"

郑老太赶紧插话："哎，你那儿子也真不容易！媳妇和别人跑了，一个人把孩子培养成人，也真难为他了！"真是哪壶不开提哪壶，最让赵老太窝心的就是这事！

赵老太共有两儿一女。大儿子和女儿都在国外，只有小儿子在身边。小儿子也是大学毕业，在区规划局工作，生了个儿子，儿子三岁的时候，媳妇到深圳工作，一去就没有回来。人们说，跟一个大老板跑了。

赵老太认为：人啊，就看不得别人比她强，别人比她强，她就嫉妒！这不，他们可抓住我家这点丑事了。逮着机会就拿出来寒碜我！

赵老太毫不客气："嗨，好歹说，我儿子还是个公务员呢！每月七八千挣着，供养个研究生，还行！"她特意把"研究生"说得声大且慢。说完还觉得不解恨，又接了一句，"哎，我家这几个儿女啊，就这点让我舒心，没一个下岗的！"

李老太想："嘿，这两个老东西，又要打嘴仗喽！我，找个机会溜吧！"

郑老太有三子一女。四个孩子，三个下岗。特别是最小的这个，和郑老太一起过，孙子刚上高中，儿媳妇是个外地人，没正经工作。听赵老太挖苦她，立即还击："哎，下岗不下岗的，反正都在身边。一家大小热热闹闹，倒也乐呵！"说着看向李老太，指着自己的羽绒服说："你看，小儿媳妇新给买的，暖和着哪！"

李老太伸手摸摸："是呀！还挺漂亮。哪天，我也让儿媳给买一件！"说着起身，拿起屁股底下的花布棉垫，递给郑老太："给你，该回家做饭去喽！要不，老头子又要叫了！"她拄着拐杖，又对赵老太打招呼，"老赵嫂子，我先走了！"

郑老太也赶忙起身："哎，我也得走了！去买点韭菜，孙子想吃饺子！"

赵老太望着她俩走远的背影叨唠："走吧，走吧，都怪我这张嘴，把你俩气走了！"说着，伸手给自己嘴一巴掌："叫你显摆！"心想：人家再穷也是热热闹闹一大家子。唉，谁都比我强！起身要走，愣愣，又坐下了，继续叨唠，"唉，回去干吗呀？三大间屋子，就我一个人。中午熬得菜粥还剩下一碗，还有一个包子，都放到蒸锅里了。回去开开火，就是晚饭！这满嘴的牙啊，就剩下两个，只能吃点软的。吃嘛拉嘛！"她抬头看看挂在对面楼顶上的太阳，寻思：天气预报还早哪！

赵老太，每天只看一次电视，就是中央四台的天气预报。她特别关注美国和加拿大的天气情况。大儿子一家在美国，小女儿一家在加拿大，都是 3 年前，老伴去世的时候回来过一次，以后就再没回来过。

看电视那一刻，赵老太表情丰富，如同飞到了国外。她不爱看电视剧，那里面演的，家家都那么热闹，她看着难受。

一阵风吹过，赵老太打了个寒战。她把帽子往下拉拉，让帽檐盖住眉毛；身子往后蹭蹭，后背靠到墙上；闭上眼，她不再叨唠了，只是想："看完外国的天气预报，就躺着听北京台的交通广播，那里的天气预报半个小时一次。"

她想起那次，她听广播里说"明天下雨"，便摸着黑，爬起床，给孙子打电话，嘱咐他带雨伞。孙子不耐烦："奶奶，我知道了。你不用老给我打电话！"她赶紧说，"好，好，我不打了。"慌忙挂电话，手没扶稳，摔倒地上。折腾了半个小时，才站起来。

她常对孙子叨唠："哼，不用我管，我从三个月把你抱大，现在不用我管了！"

赵老太经常埋怨："唉，孙子生下三个月，她妈就去上班。是我一把屎一把尿地把他伺候大，一直伺候到上大学！现在研究生毕业了，想再伺候他。小兔崽子，也不来了。"

赵老太的小儿子自己有房，以前每月过来几次。半年前，小儿子提议，她上养老院，把房子卖了。她没好气地说："我不去，我有儿有女的，去养老院？我怕人笑话！"从此，小儿子就再没来过。

这事，她没跟国外那两个子女讲，怕他们着急。她也没跟那些老太太们说，"说那干吗，让人笑话！"

一阵风吹过，在墙脚打了个旋，顿时尘土飞扬。

尘土迷了赵老太的眼，她揉揉眼睛，继续想：唉，我这辈子，净要强了！总是怕人笑话。拼着命，供仨孩子读完大学。可，有什么用啊？老了，身边没一个人。土埋脖子了，还争啊比啊，惹人生气。其实，我哪是和她们比呀，我是说给自己听的，这样，就觉得我不比人差，我还有活下去的念想！赵老太想着，睁开了眼。

太阳已经躲到对面的楼后面了，天快黑了。旁边的几个聊天的老头也走了。

"唉，我也该回家了。回去干吗？睡觉？"

一想到睡觉，赵老太就害怕："夜太长了，翻来覆去睡不着，快要睡着了，腿又抽筋！抽得……唉，老了，真难啊！"一行浑浊的眼泪顺着赵老太的眼角流出，瞬间，就在那老树皮似得脸上结了冰。

"唉，走喽，该看天气预报了！昨天预报说'加拿大下大雪'，也不知道今天停了吗。"赵老太站起身，突然感到胸口绞痛，忙去扶墙，手刚伸出，就栽倒地上。

此时，天已经完全黑了，风越刮越大。街上的行人急匆匆地赶路，谁也没有发现，倒在暗处、没了呼吸的赵老太……

（本文获"李逸野杯全国征文大赛"三等奖）

缘　分

那一年她19岁，他21岁。

她和他在市局组织的培训班里相识，他俩同桌，他经常抄她的作业。

一个下午，她和他旷课到陶然亭游泳。然后他们去了虎坊桥的晋阳饭庄吃炒疙瘩，再然后他们去天桥影院看《一江春水向东流》。由于票很难买，他们只好买了晚上10点的那场。

散场时，已经是深夜，没了公交车，她和他决定从天桥走回木樨园的学校。

一路上，她一直在笑，娇小体弱的她始终没感到累。快乐和激动像一股春风围着他们旋转，他们的每一个细胞都在跳跃、欢笑。

学校的大门紧锁着，她向他吐了下舌头：怎么办？

他拽起她：跟我走！

他们跑到学校的后门，翻过三米来高的铁栅栏门，在漆黑宽阔的操场上飞跑，那一刻她的心兴奋得就要跳出嗓子眼。

他们穿越操场，冲进宿舍楼的侧门，迈向通往二楼宿舍的阶梯。

站住！随着吆喝声，一速光亮射向他们。夜查的老师举着手电筒，一脸怒容地瞪着他俩，问道：这么晚了，你们是怎么进来的？

第二天早自习时，班主任不点名地批评道：我们班有人不好好学习，搞对象……旷课到小河沟去游泳，半夜跳墙头回学校。我再重申一遍，不管你学习多好，都不能胡作非为！

他用眼角的余光瞥了她一眼，她低着头，像一头可怜的小鹿。

半年后他们毕业了，拍毕业照的时候，她溜了……

毕业照里虽然没有她，但她还是洗了一张，像宝贝似的收藏着。

她翻箱倒柜地翻出那张照片，望着泛黄的照片发呆。老公走过来，粗大的手掌在她眼前一晃，嬉笑道：往事如烟，如烟的往事像深渊！

她抬起头，说：别闹，这次，咱们还真掉进深渊了。

老公诧异，问：怎么了？

她一脸歉疚，答：那小子是他的儿子。

老公问：你怎么知道？

她像个做错事的孩子，说：下午，闺女领那小子一进门我就觉得别扭。闲聊时我特意问了他父亲的姓名。还真是他。你看他们长得一模一样。她拿着相片指给老公看。

　　老公沉默了一会儿开口：这事，你不要阻拦。我看那小子学识人品都不错。关键是咱闺女喜欢。嘿，这也是缘分！你说，那么大的世界咱闺女挑来挑去，怎就挑上他了？哈哈，缘分！老公放声大笑。

　　这笑声，她听了三十年，听着踏实。她也笑了。

奇葩母女

闻希希是一朵奇葩，至少闻希希她妈是这么说的。闻希希也不客气，照样送给她妈奇葩的桂冠。哈哈，这是一对怎样的母女啊！

闻希希29岁，7岁时她爸去了美国，13岁时她爸从美国回来和她妈离婚，离婚后一去不回。

闻希希常对别人讲，她爸对她来说只是个字符。其实她爸是她梦里追逐的背影；哭醒时掉落枕上的泪滴，是她心底渴望，嘴上不说，望眼欲穿的山那边的云朵。

闻希希的第一个爱恋对象，是她姥姥家的邻居，一个大她9岁的小舅。其实那只是她的一厢情愿，没有过眼神对望，没有过互诉衷肠，每天神不守舍地渴望见到一个并不知道她的大男人，占据了她的整个少女时代。

大学时，闻希希爱上了她的老师，一个俊朗飘逸有妻儿的大学教授。谈了一场撕心裂肺的恋爱，结果是：闻希希和老师在床上被他老婆逮了个正着，老师在老婆要告到学校让他身败名裂的威胁下，跪地讨饶；闻希希被醋坛子疯抓乱踢后挂着满脸泪痕冲出了那个家。

闻希希 27 岁时，遇到了孙赫。突然她僵死的心又复活了，很快升温，发烧。她和他无所顾忌、死去活来地爱了多半年，戛然截止，截止在被母夜叉撞见的那一刻。

闻希希气啊，气得快疯了。她气，又被一个负心汉耍了！玩你时，爱啊，想啊，山盟海誓。一旦被老婆抓住，立马变缩头乌龟，再也不露面了。是的，她闻希希是说过，只谈感情，不要婚姻。但，你也不能那么绝了，那些刻骨铭心，"嘭"，放个屁，没了！

闻希希的这些，她妈都知道。

闻希希她妈是个商人，也是一朵奇葩。她妈离婚时，正处于事业的爬坡期，她没有哭哭啼啼一蹶不振。离就离吧，有什么大不了的！女人可以没有婚姻，但不能没有事业！

闻希希她妈把她扔给姥姥，一心奔事业。从只有仨人的小作坊到拥有上亿资产的大公司，一路走来有艰辛、痛苦，但还顺利。已经 53 岁的她，依然风姿绰约，气质不凡。

闻希希说她妈是奇葩，是就她和男人的关系而言的。闻希希她妈离婚后身边一直没有断过男人，先是一个卖假药的骗子，一个大她妈 10 岁、有家室而且油嘴滑舌的矮胖男人。后来那个男人去了外地，她妈又跟一个富商好了，一直到那个富商去世，她妈坐上了公司老总的位子。

闻希希她妈和别的女人不一样，她妈在外面，端庄干练，精美的西式套装彰显着职业女性的风采；在家里随意洒脱，无时无刻不透着女人的风骚和妩媚。特别是她和闻希希关于女人的奇谈怪论让闻希希不知道自己有这么个妈，是该庆幸还是悲哀。

闻希希她妈对她说：女人怎么了？女人可以比男人做得更好！有些女人总是埋怨社会歧视女性，那是她们不开窍。我觉得上天让你做女人是对你的眷顾！人来到这个世界不能白来，女人也是！我不相信有来世，即使有来世我也说不定会托生成什么猪马牛羊！所以不管你采取什么办法，一定要竭尽全力把那个最精彩的自己展现出来，这才不枉此生！她妈说的时候两眼放光：记住，这个世界只看你是否成功，不问你是怎么成功的！那冷冽的眼神射进闻希希的骨髓，让她不寒而栗！

让闻希希认为她妈奇葩的是，她妈对男人的口味变了。她妈恋上了小男人，那个男人比她妈小 12 岁！

上月的一个星期六，闻希希去她妈家。进门后在玄关发现了一双鞋。嘿，蛮粗犷、蛮高档的一双深棕色牛皮鞋！闻希希盯着鞋，左右看了半分钟，突然猛醒：男人！妈又换男人了！

闻希希大声叫着：妈，我回来了！她成心要搅了她妈的好事：我叫你颠鸾倒凤，我叫你胡作非为！闻希希倒在沙发上大声唠叨着开了电视。

闻希希她妈穿着浅粉色睡裙，站到了她面前：希希，你不是去上海了吗？

嘿，诚心向我示威啊？穿着睡衣就出来了，要脸不？闻希希仍然躺着，瞟着她妈，表示不屑：对，我起晚了！

那好，我给你介绍一个朋友。闻希希她妈指着身后的男人说：这是我们公司的郭副总，郭鹏。

闻希希瞄了一眼那个男人：嘿，还挺酷的！她坐起身冲那个男人打招呼：你好，郭副总！

那个男人尴尬地笑笑：你好，别叫副总，叫我郭鹏好了。

郭鹏，这边坐吧！我去煮咖啡。闻希希她妈往吧台走去。

嗨，别忙了，我还有点事，我先走了！郭鹏知趣地告辞，急忙逃离闻家。

嘿，口味变了，甩了老男人，玩起小男人了！小心，小男人另有他图！闻希希专找难听的说。

怎么，我和老男人，我得到了我要的！我玩小男人，我有本事！他图的东西，我给得起，我拴得住他！不像某些人，找老男人，赔了感情，还拴不住人家，弄得伤痕累累！闻希希她妈更狠，专找她疼的地方扎！

你管得着吗？我找老男人，我赔上我自己，我愿意！我为什么找老男人？我为什么喜欢老男人？我是给自己找个爸！我没爸！闻希希号叫着，呜呜地哭。

闻希希她妈惊呆了，女儿第一次说出了心里的话，说出了奇葩的根源！她走过去抱紧女儿……

（本文发表于此篇发《小说合集》）

一地落叶

给爸过完生日晚宴，全家人顺路去了香山植物园。

云舒陪着爸妈溜达到湖边，见爸很虚弱，便停下脚步对众人说：你们玩去吧，我陪爸妈坐在这里休息。

于是人们散开，拍照、散步，各自游玩去了。

云舒和妈妈紧挨着坐在离湖边稍远的长椅上；爸坐在她们对面的石凳上，低头观看湖里的鱼。

落日的余晖洒在爸的头上，爸满头的白发闪动着光彩，但那布满皱纹的脸，仍显灰暗；瘦骨嶙峋的躯体带着病态。

云舒望着天边一片片漂浮的云朵，心头掠过一抹凄凉，"宠辱不惊，看庭前花开花落；去留无意，望天空云卷云舒"，爸喜欢这种意境，所以给她起名叫云舒。

云舒想起了那张爸肩头上托着大妹、手里牵着她在天安前拍的照片，那时候，爸多年轻啊，神采飞扬！那时候妈在哪？妈好像躲在旁边。

爸比妈小三岁，他们是娃娃亲。妈小脚，没文化，所以爸年轻时嫌弃妈，总是和妈打闹。

那年她 10 岁，风特别大，路边的尘土卷裹着落叶在她身边飞舞。5 岁的大妹带着 2 岁的弟弟在旁边玩耍，她低头靠在法院外面的墙上哭泣。爸和妈在法院里面闹离婚，她怕得要命，妈没工作，爸和妈离了婚，我们怎么办啊？幸好那次没离成。

12 岁那年深夜，妈服了一瓶安眠药自杀，她哭着爬到救急车上，目睹了医生抢救妈的全过程。那一幕一直藏在她心底，时常钻进她的梦中。

还有……

妈发现云舒的眼里有泪光，但她不知道云舒在想什么。她用手把云舒耳边的白发捋到耳后，轻叹一声，唉，你跟着我们没少受苦啊！

妈看了眼对面的爸，眼神变得迷离。她记起了那个寒冷的冬日，婆婆带着她，走在京城的马路上。她们像刘姥姥进大观园似的，在寒风中缩紧打战的肢体，揣着手，左顾右盼地边走边打听，天快黑时才找到丈夫的住处。

新婚之夜，丈夫就跑了，说是反抗包办婚姻。五年后丈夫寄信回家，说在北京的一所中学教书，要和她离婚。

婆婆不同意：离婚？这么孝顺的媳妇上哪找去！耗了三年，婆婆急了，没打招呼，直接带她去了北京。

婆婆对丈夫说：你都 24 岁了，不想要孩子吗？

丈夫想要孩子，把她留了下来。可她总是怀不上，丈夫便带她看中医，扎针灸。

她不着急，小时候，家人请瞎子给她算过命，她28岁得子，而且她的孩子都是逢闰年生，否则活不了。

那天她扎完针灸回家，晕倒在路上。邻居把她送回家，并找来大夫为她号脉，大夫说，喜事，你怀孕了。

那天傍晚，丈夫乐得眼泪都下来了。

她侧头看了眼身边的女儿，心里充满了爱怜。大女儿的降生，是她一生中最快乐的时刻。

她把眼光移向了湖边，这个倔老头，嫌弃我，嫌弃了一辈子，都走不动了，还逞强，躲着我坐，坐得那么远。随即她又乐了，唉，倔老头老了也知道疼人了，也会抢着擦地、洗碗了，有时还会说句热乎话。

对面的倔老头感觉很累，累得要睡去。湖水在晚霞的映衬下，泛着橘红色的波光，像金鱼的鳞。波光闪动，浮现出他的家乡、父母、兄妹，还有穿着嫁衣的她。

他不喜欢她，跟她打了一辈子架。可慢慢地他离不开她了，她好像嵌进了他的躯体，成了他的一部分。她要是生气，他会害怕，怕把她气病了；她要是病了，他比自己有病还难受。

他对她说：你千万别走在我前面，那样，我就要受罪喽。我这一辈子，全靠你伺候，连饭都不会做。

她说：你还知道啊？

他说：这辈子，对不住你，让你受苦了！她笑了，笑得掉泪，他为她抹去泪滴。

　　一阵风吹过，吹落一地金黄；吹得湖边的芦苇摇曳，一群麻雀扑棱着飞起，飞落在湖岸的树枝上。三个沉浸在往事里的人不约而同地抬头观望，像是在找寻逝去的光亮。

哑 巴

哑巴是郑老爷的伙计。

郑老爷在京西经营着一家已有 300 多年历史的琉璃窑场。乾隆年间皇家园林修建所用琉璃均来自该厂。

郑老爷看哑巴老实勤快，泄不了密，遂传以琉璃烧造各种工艺秘诀，后令其料理一切工事，并委任他当了司账。

郑家窑厂北面还有一个琉璃窑场，是郑老爷的表哥韦老爷开的，窑厂很大，烧制的琉璃从表面上看和郑家产品不相上下，但因无名气，只能承揽一些零散工程。

年前韦老爷得知香山无梁殿工程要全部采用琉璃构件，心想若能拿到此工程，不仅能赚到大量银两，也可以借此进入皇家宫殿、园林、寺庙等修建工程。于是他便托人给内务府管事送去金银细软。

过了正月，传来消息，香山无梁殿工程所有琉璃构件要通过郑、韦两家竞标产生。竞标时间定在五月初三。

韦老爷听后大喜，叫来心腹，密谋策划。

三月初的一个黑夜，郑老爷突然死了，死得蹊跷。

人走茶凉，郑老爷的丧事刚过，郑家窑场的几个师傅就带着众位伙计闯进郑家大院闹事。他们围着郑太太讨要工钱，他们说郑老爷死了，这窑也就垮了，给我们工钱，我们到别处讨生路去。

郑太太大门不出，二门不迈，哪见过这场面？她浑身哆嗦，面色苍白，搂着 8 岁的独生子，泪眼婆娑地往人群里巴望。

她看到了哑巴，她的眼睛明亮了起来。

哑巴扒开众人，走到郑太太身边，面向大家，用手拍了下胸口，指一下天，又指指众人，然后……哇哇地一通连比画带叫。

伙计们明白了，哑巴是说，老爷死了，还有太太和少爷，做人不能没良心。你们放心，有我在，窑厂垮不了。郑家底子厚实，年底亏不了大家。

人们逐渐散去；一个铁了心要走的师傅，被哑巴五两银子打发了。

从郑家走的那个师傅当晚就去了韦老爷宅子，韦老爷早备好了酒菜。

酒足饭饱后，韦老爷安排：从明天开始，腾出两个炉，照师傅从郑家偷来的工艺秘诀进行烧制实验。

一个月以后，新烧制的琉璃出炉了，韦老爷望着流光溢彩的构件，心花怒放。随即打探郑家消息的伙计来报：郑家窑场，炉冷烟稀，只有哑巴带着几个人半死不活地维持着。韦老爷听后，脸上掠过一抹冷笑。

韦老爷高兴归高兴，窑上的事，一点没放松。他盯着每一道工序，选料、淘洗、配料、炼泥、制坯、修型、烘干、素烧、施釉、二次入窑烧釉……总共二十多道工序，一道一道地盯。

五月初三，坐北朝南、回廊雕柱的清工部琉璃窑厂的办公处内，"香山无梁殿建筑用琉璃构件竞标会"准时开始。

宽大的庭院内，座无虚席。皇家建筑总设计师"样式雷"端坐在评判台中央，内务府、工部的官员分坐两旁。

评判台下面的条案上分左右两边摆放着郑、韦两家刚出窑的瓦当、滴水、筒瓦等琉璃构件。

只见条案右面的琉璃构件线条优美，色彩斑斓，光泽明亮，比左面的琉璃鲜艳亮丽，多了分神韵。

坐在下面的韦老爷一看见条案右边的郑家琉璃，就知道，他输定了。他像被拆了架的茄子秧，挂在椅背上。

更让韦老爷震惊的是哑巴说话了。

哑巴不卑不亢，侃侃而谈：郑家的琉璃窑厂开了300多年，经过数代人的努力，苦心钻研，烧制，已经形成了一整套的琉璃烧造工序。郑家的琉璃烧造工艺技术秘诀从未外传……

乾隆二十一年（1756）夏季，郑家窑厂夺得了香山无梁殿工程，此后越发兴旺。

其实哑巴会说话，5 年前他假装哑巴进入郑家窑厂，是想偷学琉璃烧造工艺秘诀，然后自己开个窑厂。

哑巴一生没开成自己的窑厂，他在郑家干了一辈子，成了郑家琉璃窑厂的股东之一。

闪小说

为 300 元感动

那天，高温闷热，客厅里的空调也罢工了。屋里像烤鸭店的焖炉，似乎能听到鸭皮爆裂的响声。

我和老公商定：旧空调不修了，换台新的。

新空调很快送来了。安装空调的是一胖一瘦两位师傅。他们干活麻利，一会儿就把旧空调拆除了。

老公站在一旁问：你们收旧空调吗？

胖师傅抹一把脸上的汗说：不收。

老公说：那，送您了，您修修自己用吧。

瘦师傅抬起头笑道：送我们？这台空调少说也用十年了，厂子都倒闭了。说完竟唱起来，边唱边紧扣扳手，穿管、接线，像在舞台上表演一般。

我看到老公耷拉了脑袋，赶紧凑到胖师傅身边笑道：师傅，请你帮一下忙，帮忙抬下去，扔掉。这屋子太窄了。

瘦师傅抢着回答：不行，这大夏天的，又是六楼，太费劲了。

我说：那，我给你们点钱，行吗？我们俩都五十多了，实在抬不动。

胖师傅抬头看看我：好吧，干完活再说。

有门，看样子他们答应了！我和老公嘀咕，要是请搬家公司把这些东西从六楼抬下去，也得 50 元钱。

新空调一会儿就装好了，客厅很快凉快下来。

我拿出 50 元钱递给正在收拾工具的胖师傅：谢谢您了。

胖师傅忙摇头：算了，我们帮你带下去吧。

谢谢！太谢谢了！我和老公急忙道谢。

傍晚，我正在厨房做饭，老公突然破门而入，举着手机冲我喊：哎呀，没想到，真没想到啊，当今世界还有这种人！

我莫名其妙地问：怎么了？

老公指指手机：刚接到电话，是那个胖师傅打来的，他说：他们把那台旧空调修好了，给一家小饭馆用上了，他要给咱们300 元钱。

一只陶罐

我是一只陶罐，深褐色身上，有土黄色花纹，站在昏暗处泛着釉光。

我忘了是什么时候，主人把我从旧货市场买来，把我摆在他窄小拥挤的卧室里。

我站在那个摆满图书的书架旁被一种气体笼罩，我伸长了鼻子嗅个不停："噢……好闻，比熏香淡雅，比花香醇厚。"后来我听主人讲，那叫书香。

书香是什么东西？我不知道，反正我在它的迷惑下，整日愉悦。

儒雅瘦弱的主人也是如此，沉醉在那种香气中流连忘返，笔耕不辍。后来主人成了作家。大作家！奖品证书一大堆。

慢慢地，主人不怎么来了，听说他发财了。

日渐肥胖的主人买了大房子，一个带花园的别墅。我跟着那些书住进了一个大屋，是主人华丽的书房。

我的旁边又摆了几个大书架，放了很多精美的新书。但那种香味没了，我伸长了鼻子使劲地嗅："嗯……怎么一股油漆味？呛死了！"

大书房空寂清冷，冻得我直哆嗦。主人也很少来，每次来，急急忙忙，不是找证书，就是找奖杯。从来不动我身边的书，我身边弥漫着一股霉变和油漆混合的味道，弄得我头疼！

一天夜里，双眼浮肿的主人来了，倒在沙发上就睡。酒气伴着呼噜声向我扑来，我急忙皱鼻子，堵耳朵。

突然，主人喊起来：我不喝，不喝了。我好难受啊！我的魂灵跑了，没地方放啊！我的魂灵没地方安放啊！

主人的梦话让我战栗，我赶紧四处张望，寻找自己的魂灵。

（本文发表于《吴地文化·闪小说》2016 年第 2 期）

二维码

我坐在地铁的车厢里，一阵悲凉凄苦的歌声让我扭头望去，一个老年乞讨者向我走来，我立刻闭上眼睛装睡。

"行行好吧，行行好吧！"我的心开始收紧，手伸进了装钱包的衣兜。一个声音钻进我的脑袋："你不缺那几块钱，但你不能上当！"我的手停住了。

"行行好吧，行行好吧！"我感到了那双伸着的颤抖的手，心开始战栗，我摸到了钱包，睁开眼睛，乞讨者已经走远。

望着，苍老的背影，眼泪涌出了我的眼眶，我的心在叫：他可能不是骗子啊！

突然，老年乞讨者被人撞倒，我急忙起身，奔过去。

在我搀起他的瞬间，我看到他的胡须挂在唇上，他正要用手去粘。他平静坦然的眼神让我惊恐："天呵！他竟没有一点害臊！"我手中的钱落到地上，扭头就要离去……

"你好，请帮个忙吧！"一个姑娘拦住了我，"我们正拍电视剧，想请你客串一下演员，你给乞丐 10 元钱，再扫一下那边的二维码，就可以加入我们的微信群，成为影视公司人才库的备案演员，以后还可以领到酬金。"我顺着她手指的方向望去，一个扛着摄像机的男人正对着我们拍摄，胸前的二维码闪闪烁烁。

我的大脑还在转筋，那个女孩就被许多脑袋抢了过去；一些心急的人开始往乞丐手里塞钱。

镜头往后移动，凄凉的歌声伴着那团热闹渐渐远去。我呆呆地站立着，恍惚中那个镜头变成了刀，刀下是一些细长的脖颈。

（本文发表于《吴地文化·闪小说》2016 年第 2 期）

不用辞职

中水机房，昏暗、破旧、臭气熏天。

扫地，洒消毒水，擦洗设备，赵工带着三个工人在中水房一阵忙活。电话响了，赵工抓起桌上的电话。

"喂，赵工吗？准备得怎么样了？"工程部杨经理问。

"卫生搞得差不多了，中水系统刚开，这……中水，恐怕糊弄不过去。"赵工迟疑着回答。

"没事，还按以往那样做，我尽量把他们灌晕。"杨经理信心满满。

赵工放下电话，眉头紧锁。

快中午时，电话响了，赵工抓起话筒。

"我正在芙蓉厅陪质检站人喝酒，他们不下去检查了，你灌一小桶中水送来，让他们带走化验。记住，按老办法。"杨经理放低声音叮嘱。

"好！"赵工放下电话拿起小桶走向自来水龙头。

一周后，杨经理望着质检站送来的罚单发呆："自来水也会超标？莫非……"他托着腮的手攥成拳头，猛地砸向桌面，"嗨，老赵啊！"他抓起电话拨打赵工的手机，拨到半截停住了："唉，总不能老这么糊弄啊！"

过了几天，杨经理把赵工叫到办公室，指着那张罚单问："是你搞的鬼吧？"

赵工无奈地回答："我怎么是搞鬼啊？我是不想作假！我给饭店捅了娄子，我辞职好了！"说着从衣兜里掏出一张皱皱巴巴的纸。

"算了，总经理说得对，饭店再难，该修的设备还是要修，否则早晚会出大事！"杨经理拿起桌上的《关于饭店中水系统维修改造的报告》递给赵工，"总经理批了，赶快准备吧。"

赵工，笑了，把辞职报告又装回兜里。

闹　心

　　郝运天生弱智，相貌丑陋。住在城西边的郝府村，三十多岁了还没娶上媳妇。这些日子郝运成了香饽饽，上门提亲的人踏破了门槛。

　　夜深人静，郝运娘乐得睡不着，摇醒身边的老伴：运儿爹，这次咱可要好好挑挑。

　　郝运爹，翻了个身。问：挑啥？

　　郝运娘说：挑儿媳妇呀，挑一个人品好、性情好的。

　　郝运爹，叹了口气，说：难啊！

　　好运娘问：咋的？

　　郝运爹说：你没看，那些丫头，都是冲着钱来的？

　　郝运娘问：咋的？

　　郝运爹解释：咱就郝运这棵独苗。这院子光溜溜的，拆迁款，少说也得三百多万呢。

　　郝运娘明白了，更睡不着觉了。

爷爷的秘密

爷爷走了,骨灰埋在了八宝山烈士公墓。

我和爸爸整理爷爷的遗物时发现了一个小布包。布包里有两张照片:一张是太奶奶;另一张,是一个八路军小战士。小战士那张照片陈旧泛黄,上面有大片血迹,后面写着几个字:柱子,放心吧!

柱子是谁?为什么要把他的照片和太奶奶的照片放到一起?

我和爸爸去问奶奶。

奶奶说:柱子是你爷爷的战友,你太奶奶是柱子的亲妈,那张带血的照片是柱子牺牲前交给你爷爷的。

我问奶奶:我爷爷的亲妈呢?

奶奶说:你爷爷是孤儿,父母死在逃荒路上。新中国成立后你爷爷找到柱子的老家,柱子的爹早死了,只剩下一个娘。你爷爷跪在柱子娘面前,说:柱子牺牲了,您就是我的亲娘。你爷爷就把柱子娘接到我们身边共同生活。

奶奶喝了口水,继续说:那时候我们刚结婚。我们商定,这件事不告诉任何人。

遗　嘱

李老太今年 85 岁，在床上瘫痪了十多年，每天扒着窗户往外看，叨唠着：唉，这几个孩子啊，成天瞎忙，也不知道露个面！

前几天李老太被保姆送进了医院。

医生问保姆：你是她女儿?

保姆答：我是保姆，老人家没有女儿，只有三个儿子。

医生说：赶快通知她的家属，到医院来一趟。

李老太的三个儿子自从见过医生后，一反往常地孝敬起李老太来了。分别拿着好吃的到医院看望李老太，陪她聊天。

大儿子来时，说：妈啊，你亲手带大的孙女，都三十多了，还没结婚，你可要把房子留给她呀！

李老太看看大儿子，望向窗外，长长地叹了一口气。

二儿子来时，说：妈啊，您小孙女找了个外地女婿，结婚还没房呢，你可要想着她啊！

李老太闭上眼，没言声，眼角滚出几滴泪水。

三儿子来时，说：妈啊，你就这么一个孙子，你可别把房子给了外人啊！

李老太闭着眼，没言声，两行冰凉的泪在脸颊流淌。

李老太明白，阎王爷要叫她走了。

李老太找来律师，立下遗嘱，把房子赠予十多年来一直伺候她的保姆。

李老太走了……锣鼓唢呐，鞭炮歌舞，好不热闹，超过了李老太生前见过的最热闹场面。

律师宣读遗嘱那天，李老太的三个儿子很紧张，伸直了耳朵等律师开口。遗嘱还没念完，六只眼睛已经开始喷火，恨不得把保姆烧成灰烬！

保姆很坦然，嘴角挂着嘲笑，等律师念完遗嘱，抢先开口：我放弃那套房子的继承权。她看向那三个儿子：我了解你们妈妈当时的心情，你们都是她的心头肉，她不想你们因为房子变成仇人。

（本文发表于《微篇小说》2016 年 3 期）

蹦　极

琳做了 6 年销售，烦了。托莲介绍进了四星级饭店做人事部文秘。

文秘不仅要打字、复印，还要向各级领导传送文件。

工服间主管对琳讲：适合你穿的工服一周后到，这周你先穿自己的服装上班，记住要穿黑色西装。

琳恰好有一套黑色纯毛套裙，里面套上淡紫色真丝衬衫，脚蹬一双黑色半高跟牛皮鞋，挺胸抬头穿梭在金碧辉煌的大饭店里，那感觉，好极了。

这里的人太好了，走对面，笑脸相迎，主动问好；上电梯，伸手弯腰，礼貌谦让；就连走在地下二层办公区，遇到 PA 大妈正在埋头擦地，她都会收起工具，起身，站到路边，向你点头微笑，问好。

琳被"你好！你好"的问候和甜美的微笑簇拥着，心花怒放地度过了一周。

第二周，琳开始疑惑，这里的人怎么说变就变？走对面，像谁该他几吊钱似的，黑头黑脸地横冲而过；上电梯，急赤白脸地往上挤；办公区搞卫生的 PA 大妈，像没看见人来似的，堵在路中央，慢悠悠地甩着墩布，布条像长了眼睛，带着污水追着你的白腿跑。

琳疑惑地忍到周末，打电话约莲喝茶。

莲听完琳的诉说，笑了。往椅背上一靠说：嗨，这很正常。

琳睁大了眼睛问：正常？

莲说：他们第一周把你当成副总了。饭店的员工，认衣服不认人。我们的工服从总经理到员工共分七级。副总和文秘的工服虽然都是黑色西服，但材质、样式不一样；脚下的鞋，衬衫的材质、颜色、领子，都有区别。

琳笑道：你们啊，"衣帽"取人，让我天上地下地玩蹦极！

莲也笑了：嗨，这年头，哪里不是"衣帽"取人？

瞬间，琳和莲都不笑了。

后遗症

那年她扎着两条麻花辫，斜挎着的花书包随着她的歌声在屁股后面一颠一颠的。

她在音乐教室参加校歌唱队的选拔测试。她刚一开唱，就引起一片哄笑。她慌忙看向音乐老师，老师用白眼珠瞟了她一下，嘴里发出冰冷的声音：五音不全，过。

她捂着脸跑出音乐教室。

麻花辫变成了小刷子，军绿书包斜挎在她肩头。

课堂上，她低头在答物理考卷，老师就站在她身后。待她答完，老师拿过考卷在上面"唰唰"画上好多对勾和一个鲜红的100分。老师把考卷贴到黑板侧面，大声说：同学们答完试卷，不用交了，直接和米娜的卷子对一下吧。

她望着老师的背影，一脸灿烂。

小刷子变成了马尾辫，她背着行李走进校园。

专业课老师正在讲课，黑板上的电子电路图像串起来的一张张蜘蛛网。老师讲完后问：同学们听懂了吗？

同学们像起哄一样：没听懂。

老师看向她：米娜，你上来给同学们讲讲。

她走上讲台，手指黑板，顺着白色的线条、图案，从头到尾像走迷宫一般娓娓道来。

她话音刚落，老师问：同学们，听懂了吗？

寂静中，爆发出一片喊声：听懂了。

她看向老师，一张甜美的笑脸让她特别自豪。

如今她两鬓花白，眼角爬上了皱纹，还戴上了老花镜。

她带领的科研组刚获得国家嘉奖，同事们聚会庆祝。吃完饭，开始唱歌时，她的心又揪了起来，慌慌的，跳得难受。

五十多年了，她从不敢开口唱歌，即使是不得不参加的大合唱，她也是光张口不出声。

别小看一个"屁"

消息像秋天的风刮过区委大院的每一个角落：李区长马上要升任副市长了！

上午，李区长带着秘书小贾到市长办公室汇报工作。

李区长汇报完，市长做指示。

李区长虔诚地望着市长，专心听他讲话，忽感一股气体在腹中聚集，上蹿下跳，搅得腹部胀痛难忍，"噗"的一声钻出体内，变成了一个响屁。随即一股奇臭弥漫开去。

市长眉头紧皱，一脸无奈。

李区长扭头，惊愕地看着小贾。

小贾随口而出：抱歉，实在抱歉。我，没憋住，就……

走出市委大楼，李区长拍着小贾的肩膀笑道：哈哈，看样子，我这次到市里工作，还得带上你啊！

后　记

　　我不知道冥冥之中是否早有神灵安排好了一切，是否上天对我特别眷顾，赋予我写作的灵气，并让我如此爱它。让我在写作的海洋里畅游，如痴如醉地享受由此带来的愉悦。

　　小时候，我没有什么爱好。在别的女孩都在屋外跳皮筋、踢毽子时，我躲在屋里看小说。

　　小说里的世界让我着迷，人物的命运牵扯着我，让我痛苦、纠结、想入非非。我常对书中人物命运的走向产生质疑，所以当夜深人静时我便闭着眼睛开始天马行空的想象。想象书中那个恬静优雅的女人在与那个飘逸非凡的男人擦身而过时，瞬间迸溅出爱的火花；想象当她遭遇了阴险的算计和无情的背叛后痛不欲生；想象她和那个男人缠绵悱恻、刻骨铭心的爱情；想象他们应该有更曲折更离奇的经历。我甚至把自己想象成书中的某一个人物，在痛苦中挣扎，在复仇后畅快淋漓地死去。

　　其实，那一刻我当作家的帷幕就已经徐徐拉开，只不过拉得太慢，一拉就是几十年。

　　岁月流逝，日月变迁，几十年后，在我不再为生活奔忙，在我在一个清凉幽静的夜晚凭窗而立，面对万家灯火突发奇想，去敲打键盘开始写第一篇小说时，我惊奇地发现，我写起来竟是如此顺畅，如此愉悦。

　　那一刻我的内心流淌着欢乐的小溪，或翻腾着汹涌的海浪，或下雨、打雷、刮风、洒雪。我惊喜地发现，我是那么喜爱手指敲击键盘的感觉。

　　记得刚上小学的时候，学校组织各种兴趣班，我报了音乐班。入班测试时，我放开嗓子刚一开唱，底下的同学哄堂大笑。

　　从此我不再敢开口唱歌，即使是在不得不参加大合唱时，也只是光张口不出声。那感觉紧张而尴尬！

　　从那一刻起，我就不再去尝试其他的兴趣爱好。总是觉得自己愚笨，怕出丑惹人嘲笑。我因此常常自卑，苦恼着"当我老去的时候，没有爱好的日子是何等煎熬啊"。

　　那个夜晚我突然找到了我的爱好。我相信"命运是公平的"这句话了。我觉得这是我苦尽甜来的时刻，是一个看不见的精灵用妙手抚摸过我的头顶留下的杰作，是命运送给我的最好的礼物。

　　我在自己的一篇散文《活着》中写道：

　　　　我经常怀疑自己是否活着，怀疑我在以前的某一天早就死了，或者疯了！现在经历的一切，是在天堂里做的梦或是疯子的幻觉。为此，我不止一次地掐自己，也问过我的先生。最后证实：我还活着！

　　所以，我问自己，为什么会经常有这样的困扰？是因为我的生活早已死水一潭，周围是寂静的旷野，没有一人，没有鸟兽，没有生灵弄不出一点声响？是因为我的生活，除了吃就是睡，除了睡就是吃，周而复始，迸溅不出一点涟漪，还是因为我被那纷乱繁杂、闪烁迷离的世界惊扰得无所适从，惶惶然屏蔽了自己？为此，我不停地写作。那一刻，我感觉我活着，心在跳动，血在流淌。我实实在在地活着！

　　我不知道死亡的定义是什么。是心脏停止了跳动？是医生断定的脑死亡？要是心脏还跳，人已经没了思想，没了表达，没了体验世间酸甜苦辣的激情和鲜活的灵感，我宁愿拼尽今生最后一口气，关掉我胸腔里那个泵的阀门，不再让它往躯体里输送没了一点灵魂的血浆。

　　在我的小说里有灵魂的呐喊，有灵魂的吟唱，有灵魂的哭诉。我小说里的人物都是一些普通人，他们沿着各自不同的生命轨迹或精彩或无奈地活着！

　　我感到写小说的乐趣在于可以随心所欲地把控一个人，可以按自己的意愿创造一个世界，可以设计一个人的生死和他命运的轨迹，他是悠然地活着还是疯狂地死去，都取决于你的意愿。这是多么美妙的事啊！

　　然而，我不能随心所欲。我认为每个人的心里都住着天使也住着魔鬼。有时候善恶只是一念之差，一个偶然的欲念闪现或错过就会改变一个人的一生。或许她从此就踏入万劫不复的深渊，抑或就步入华美高雅的殿堂。

我总是想讲最真实的故事，讲藏在人们心底最不易觉察、最隐蔽的东西。这就注定我的小说让人看了心里一揪，让人感觉隐痛或不舒服。我也感到很困惑和无奈，我困惑于写不出那些让人看了高兴欢悦的东西，我很抱歉。

有一个朋友看了我的小说，说它像一把铁锹，在挖掘树下最深处的根须。其实，没那么邪乎，我只是在讲我想讲的故事。生活，其实比所有文字所能讲到的故事更精彩，更深刻。

希望我讲的故事能让读者满意，给读者美妙多彩的生活添点作料，或酸，或辣，或苦，或甜，全凭个人咀嚼。

感谢读者！感谢顾建新教授为本书作序！感谢所有在我这本书出版过程中付出努力的人们！